KB214638

최선의
직장인

최선의 직장인
오늘도 분투하는 직장인 생존기

제1판 제1쇄 2024년 9월 20일

지은이 최영근
펴낸이 이광호
주간 이근혜
편집 홍근철 김현주 최대연
마케팅 이가은 최지애 허황 남미리 맹정현
제작 강병석
펴낸곳 ㈜문학과지성사
등록번호 제1993-000098호
주소 04034 서울 마포구 잔다리로7길 18(서교동 377-20)
전화 02) 338-7224
팩스 02) 323-4180(편집) / 02) 338-7221(영업)
대표메일 moonji@moonji.com
저작권 문의 copyright@moonji.com
홈페이지 www.moonji.com

ⓒ 최영근, 2024. Printed in Seoul, Korea.
ISBN 978-89-320-4312-8 03810

최선의 직장인

오늘도 분투하는 직장인 생존기

최영근
지음

문학과지성사

이 책은 그저
조금 수상한 에세이이고
조금 수상한 자기 계발서다.

'몇 살까지'

나를 포함한 회사 관리직들이 가장 무서워하는 말은 "이딴 걸 보고라고 올려? 회사 그만 다니고 싶냐!" 같은 높으신 분들의 일갈이 아니다. 소속 팀원이 조용히 내 자리로 찾아와서, 혹은 회사 메신저의 개인 메시지로,

"드릴 말씀이 있는데, 시간 있으실까요?"

라 말하는 것이다. 가히 인생 최악의 공포라 해도 과언이 아니다. 독대까지 남은 시간이 아득히 느껴지고 일은 도무지 손에 잡히지 않는다. 퇴사? 사내 괴롭힘? 전배 신청? 내가 최근에 뭘 잘못했더라? 저 친구에게 요즘 무슨 일이 있었지? 별의별 생각이 뱉다 만 담배 연기처럼 머릿속을 둥둥 떠다닌다. 회의실로 향하는데 나도 모르게 귓가에서 'Deadman Walking!' 소리가 들리는 느낌이다.

"제가 과연 이 업계에서 계속 일을 해나갈 수 있을까요? 최근

자신감이 좀 떨어져서요······"

퇴사 얘기도, 전배 요청도, 사내 괴롭힘 신고도 아니었다. 머릿속에서 팡파르가 울려 퍼지고 송골송골하던 식은땀이 쏙 들어간다. 다만 문제가 있다면, 나도 이 친구와 똑같은 고민을 하고 있는데 과연 뭐라고 답해야 하느냐는 것이다.

'몇 살까지 이 업계에서 일할 수 있을까?'

내가 첫 직장을 다니던 20대 시절, 동기들과 나누던 대화 주제는 대부분 이것이었다.
내가 시니어가 된 30대 시절, 다른 시니어들과 나누던 대화 주제도 대부분 이것이었다.
꼰대 상사가 된 40대에도 여전히 다른 중간 관리직들과 이 주제로 이야기한다.

20대 때는 이 업계에서 자리 잡을 수 있을지를 걱정했다.
30대 때는 이 업계에서 살아남을 수 있을지를 걱정했다.
40대가 된 지금은, 하루하루를 악착같이 버티고 있다.

나는 모두가 '우와' 하고 감탄할 만한 금전적 성공을 이룬 사람도 아니다.

나는 이름만 대면 모두가 알 만한 명성과 영예를 얻은 사람
도 아니다.

나는 그저 한국 게임 업계에서 20년을 어떻게든 살아남은
평범한 직장인이다.

첫번째 회사에서 이 일을 만만히 봤고,
두번째 회사 E에서 지옥과 천국을 모두 경험했다.
세번째 회사 H에서 나의 부족함을 깨달았고,
네번째 회사 T에서 뒤늦게 내 능력을 만개시켰다.

프로젝트A는 내게 성공을 안겨줬지만 난 아직 철이 없었고,
프로젝트B는 내게 실패를 안겨주며 부족함을 절감케 했다.
프로젝트C는 내게 사람의 소중함을 알려줘 성찰하게 했고
그 결과 무사히 살아남은 내가 있다.

이 책은 '이렇게 하면 게임 업계에서 성공한다!' 같은 이야기
를 하지 않는다.

이 책은 '게임 업계에서 살아남기 위한 긍정적인 습관! 10가
지 지혜!' 같은 이야기도 하지 않는다.

이 책은 그저 글쓴이가 직장에서 20여 년을 어떻게 살아남
을 수 있었는지 이야기하는 평범한 책이다.

그리고 굳이 게임 업계가 아니라도, 이 땅에서 간신히 하루

하루를 연명해나가는 모든 직장인에게 건네고 싶은 이야기를 담고 있다.

그저 조금 수상한 에세이,
조금 수상한 자기 계발서다.

내 인생의 등불인 아버지와, 세상 무엇과도 바꿀 수 없는 소중한 아내에게 출간의 영광을 바친다.

2024년 9월
최영근

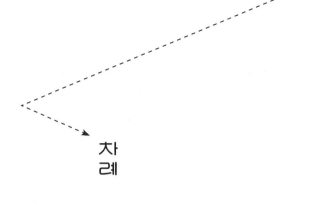

차
례

1부   수습은 우리의 운명

4부   위치 선정

1부

수습은 우리의 운명

속을 게 없으면 속지 않게 되고,
속지 않으면 분할 일이 없으며,
분할 일이 없으면 그저 최선을 다하며
내 실력을 쌓을 수 있다.

들어가며:

'짬'에서 나오는 바이브

마지막으로 다닌 블록체인 기반의 스타트업 게임 회사 Z사에 입사할 때만 해도 나는 리더가 아니었다. 하지만 시간이 지나고 보니 기획 총괄(디자인 디렉터, DD라고도 불린다)이 되어 있었다. 앞 문장과 뒤 문장 사이 많은 일이 있었으리라 짐작했다면, 정답이다.

처음에 지인의 소개로 입사를 제안받았을 때, 내게 제시된 직책은 '리드 게임 시나리오 기획자'라는 실무 포지션이었다. 제안을 수락한 이유로는 Z사가 속한 블록체인 업계에 대한 희망도 있었지만, 리더 포지션이 아니라는 점도 제법 크게 작용했다. 지긋지긋한 정신건강의학과 신세를 이제 좀 그만 지고 싶었고, 디렉터 직책이라면 신물이 나던 참이었다.

입사 후 한동안은 꽤 만족스러웠다. 10여 년 만에 맡은 실무는 생각보다 훨씬 즐거웠다. 결과물 퀄리티도 PD(리드 프로듀서)와 높으신 분들을 흡족하게 했다. 하지만 세상일 뜻대로 되는 거 하나 없다고, 행복은 짧아도 너무 짧았다. 회사 구성원들의 업무 능력은 매우 출중했지만, Z사가 지향하는 스타트업 회사 문화를 제대로, 특히 리더로서 경험한 사람은 적었던 것이다. 다들 중견기업의 안정적 프로세스와 지원 조직의 서포트 속에서만 일해왔기에, 늘 이가 없어서 잇몸으로 때워야 하는 거칠고 험난한 스타트업 회사의 업무 형태를 맞닥뜨리자 하나둘씩 혼란에 빠지기 시작했다. 조직 간에 충돌이 빚어지고, 커뮤니케이션이 잘 이루어지지 않았으며, 사소한 오해가 쌓여 감정의 골이 생겨났다. 결국 PD를 비롯한 다른 리더들과 합이 전혀 맞지 않던 기존의 기획 총괄이 퇴사하기에 이르렀다.

이윽고 정신을 차려보니, 내가 다음 기획 총괄이 되어 있었다. 이날 PD와 나눈 대화는 반년이 지나 내가 퇴사할 때까지도 조직 내에서 회자되곤 했다.

"아니 PD님! 약속이 다르잖아요! 리더 안 시킨다며!"
"그걸 믿었어요?"
"……"

어쩌겠는가. 회사가 시키는 대로 하는 것이 회사원의 일이니 말이다.

기획 총괄이 된 나는 스타트업 회사에서 일하는 방법에 대해 조직 전체를 교육했고, 조직에 어울리는 개발 프로세스를 만들었다. 그리고 프로젝트의 방향성을 구체적으로 수립해서 모두의 생각을 일치시키는 데 주력했다. 그러자 사태는 빠르게 수습됐다. 나는 지옥 밑바닥 시절부터 지금까지 이런 사태를 해결한 경험들이 너무나 차고 넘쳤으니 말이다.

다만 내 입장에서 문제가 있다면, 트러블을 모두 해결하고 개발이 안정화 단계에 접어들었는데도 아무도 나를 실무로 돌려보내려 하지 않았다는 것이다!

COFFEE

BREAK

나 → 그 문제는 이러이러하게 수습하려고 합니다.

PD → 좋은 계획이네요. 예상되는 리스크가 있다면 뭘까요?

나 → ……제 골치가 지금보다도 좀더 아파진다는 것?

PD → 그건 어차피 당신 팔자라서 괜찮은 듯?

나 → ……

손톱깎이의 교훈 ----------------------->

나는 여행을 다닐 때 철저하게 준비하는 타입이다. 언제 어
딜 갈지, 무얼 탈지, 무얼 먹을지 등을 사전에 완벽하게 조사하
고 혹시 모를 돌발 사태로 스케줄이 틀어질 경우의 플랜B, C까
지 준비한다. 질린다고? 여기서 끝이 아니다. 며칠을 여행하건
내 여행 짐은 무척 많다. 각종 트러블에 대비한 상비약은 물론
이고 타입별 충전 코드, 비상용 수건에 예비용 안경까지 다 챙
기기 때문이다(국외 여행이라면 몇 배가 된다). 덕분에 아내나
친구들, 가족들은 나와 함께 가는 여행이 세상에서 제일 편하
다고 말한다. 아무 일정도 짜지 않고 옷가지와 칫솔만 챙기면
되니까(치약마저 내가 챙긴다).

지금이야 이 습관이 여기저기서 환영받지만, 어렸을 땐 전
혀 아니었다. 학창 시절에 아버지의 커다란 등산 배낭을 짊어
지고 수학여행이나 수련회 등을 가면, 친구들은 '만물상' '봇짐
장수' '피난민' 등의 별명을 붙여가며 나를 놀려댔다.

중학교 1학년 때의 어느 수련회였던 걸로 기억한다. 역시나
산더미 같은 짐을 지고 나타난 나를 본 친구들은 여지없이 만

물상이라 놀렸고, 그중에서도 유독 손톱깎이를 비웃어댔다. 겨우 2박 3일 일정에 손톱 깎을 일이 뭐가 있느냐고 말이다. 하지만 그 수련회에는 체육 행사가 많았는데, 대다수가 농구나 피구같이 손을 쓰는 종목들이었다. 나를 포함해 손톱이 깨지거나 갈라진 아이들이 많이 나오면서 내 상황도 180도 달라졌다. 호락호락하지 않은 사춘기를 보내고 있던 나는 그들에게 내 준비성을 칭찬하라고 요구해서, 내 마음에 드는 칭찬 여구를 말한 아이부터 손톱깎이를 빌려줬다. 줄을 서서 나를 칭찬했던 당사자들도 그렇겠지만, 지금 생각하면 정말 낯 뜨거워지는 과거다.

어렸을 때부터 '준비하면 어쨌든, 언젠가 써먹을 데가 있다' 란 사상을 숭배했다. 당장, 혹은 꼭 그때가 아니더라도 준비하는 데 들인 노력은 반드시 결실을 가져왔다. 최소한 내가 손해를 보진 않았다.

커리어 관리도 이와 크게 다르지 않았다. 여러 경험과 준비, 그에 들어가는 노력은 커리어에 조금이라도 도움이 되면 되었지 손해가 되지 않았다. 이렇게 말하면 보통 영어 공부나 MOS 자격증처럼 '스펙'이 되는 것들을 떠올릴 텐데, 물론 이들도 포함되겠지만 여기서 '도움'의 범위는 훨씬 더 넓다. 한번은 프로젝트가 잘된 것을 기념해 회사에서 팬 서비스 겸 마케팅용으로 그 게임의 테마송을 만든 적이 있다. 가수와 녹음실을 섭외해 작곡가 겸 프로듀서와 함께 녹음을 시작했는데, 그가 후렴

녹음 도중에 곡을 풍성하게 하자며 코러스를 요구했다. 당연하게도 급히 코러스가 섭외될 리 없었다. 이후 정신을 차려보니, 내가 녹음실에 들어가 있었다. 대학 시절에 한 인디 밴드의 객원 보컬로 활동한 적이 있었던 것이다. 다행히 작곡가는 내 코러스를 마음에 들어 해서, 테마송에 들어가게 되었다. 이 일화는 아찔한 해프닝이다. 게임 업계에서 어떻게든 써먹어보겠다고 목소리를 갈고닦지는 않았으니까. 다만 뭐든 갖고 있으면 다 써먹을 데가 생긴다는 예시다.

업계에서 커리어를 쌓다 보면 안 좋은 순간도, 괴로운 순간도, 지겨운 순간도, 무의미하게 느껴지는 순간도 반드시 찾아온다. 하지만 그 순간을 어떻게 보내느냐에 따라 향후 커리어는 크게 바뀐다. 커리어가 변할 수 있는 순간이 찾아올 때 자신에게 준비된 것이 얼마나 많으냐, 달리 말하면 써먹을 것이 얼마나 많으냐에 따라 변화는 좋은 쪽으로도, 나쁜 쪽으로도 만들어질 수 있다. 물론 당시에는 알 수 없다. 미래는 그 누구도 모르기 때문이다. 나 역시 나중에야 이 사실을 깨달았을 땐 '그동안 (나름 열심히 살긴 했지만) 좀더 기를 쓰고 살걸……' 하고 나지막이 후회하기도 했다. 반대로 생각하면 어쩌다 천성과 습관 덕을 봐서 살아남은 셈이다(혹여 덕을 못 보았더라면? 상상만으로도 오싹하다).

앞으로 긴 커리어를 만들어나가야 할 직장인들이 안 좋은 순간과 괴로운 순간, 지겹거나 무의미하게 느껴지는 순간을 맞이할 때 그 시간을 낭비하거나 회피하지 말라고 말하고 싶다. 최선을 다해 노력하고, 준비하라고 말이다.

커리어에서의 모든 경험과 노력은 다 쓸데가 있다. 꼬박꼬박 챙긴 수련회 가방 속 손톱깎이처럼.

첫 회사는 직원이 5백 명 가까이 되는, 꽤 탄탄하게 운영되는 게임들을 갖춘 중견기업이었다. 게임 업계에 갓 입문한 새내기로서는 첫 직장의 운이 좋은 편이었다. 허술하기 짝이 없는 취업 과정을 생각하면 더더욱 말이다('라떼 시절'의 게임 업계는 두서도, 체계도 없어서 많은 것이 주먹구구식으로 돌아갔음을 미리 밝힌다). 어릴 때부터 게임을 죽을 만큼 좋아했던 건 사실이지만, 아무리 그래도 게임 회사에서 일할 거라고는 상상도 못 했다. 수포자에다 프로그래밍의 'ㅍ'도 모르는 국문학도였기 때문이다. 그런데 어느 날 게임 회사에서 일하고 있던 친구가 말하길,

> "야, 우리 회사 다른 프로젝트에서 게임 좋아하고 글 잘 쓰는 사람 구하는 중인데 지원해봐. 너 게임 엄청 좋아하고 순서도 정도는 그릴 줄 알잖아? 딱이야."

라길래 반신반의하면서 지원했더니, 게임 시나리오 기획자 계

약직 포지션으로 채용되어 게임 업계 커리어의 첫발을 내디디게 되었다.

세상의 모든 신입이 그렇듯 처음은 좌충우돌이었다. 게임 기획자라면 필수 도구인 마이크로소프트 엑셀조차 제대로 다뤄본 적이 없었기에 매사가 난관이었다. 게임 시나리오 기획자로 일하면서 글을 쓰고 설정을 만드는 업무만큼은 합격점을 받았지만, 그 외에는 낙제……라기에도 민망했다. 엑셀도 엑셀이지만 게임 개발의 가장 기본인 서버와 클라이언트 개념조차 모를 정도였으니, 시니어들은 말할 것도 없고 다른 입사 동기들마저 날 한심하게 여겼다. "저 사람이 대체 여기 왜 필요해요?"라고 말하는 사람도 있었다.

그래서 노력했다. 죽어라 노력했다. 그때가 인생에서 가장 노력한 시기였을 것이다. 야근은 필수였고 주말 출근은 일상이었으며 철야도 불사했다. 뭐든 공부했고 뭐든 흡수했다. 그렇게 2년 남짓을 보내자 게임 기획자로서 갖춰야 할 기초 소양을 어느 정도 익히게 되어, '시나리오 파트장' 직책까지 달게 되었다.

운이 따라주지 않아서 내 첫 프로젝트는 실패했다. 론칭 첫날, 수습할 수 없는 치명적인 버그가 발생해 모든 유저가 이탈하게 되면서 결국 프로젝트는 드롭되었다. 당연히 동료들도 뿔뿔이 흩어지게 되었다. 그 시절에는 프로젝트가 드롭되면 퇴사하는 것이 지극히 자연스러운 문화였다. 내게 주어진 선택지는 많았다. PC MMORPG 중흥기에 이름을 떨치던 회사도, 중국 시장이 활짝 열린 덕에 든든한 투자를 받는 회사도 많았다. 동료들 역시 내로라하던 회사들로 갔고, 나 역시 그런 선택이 가능했다.

하지만 나는 정반대의 선택을 했다. 이유라고 해봐야 젊은 때의 무모한 패기라고밖에는 설명할 수 없는데, 꼽자면 두 가지였다. 첫 회사는 의미 없는 사내 정치가 심했다. 모니터 구매 신청서를 올려도, 대립각을 세우던 다른 부서 본부장이 훼방을 놓아서 고작 한 대 받는 데 두 달 넘게 걸릴 정도였다(이외에도 기가 차는 일들이 부지기수였다). 그래서 치기 어리게도 '작은 회사일수록 이런 사내 정치에서 자유로울 거야'라고 막연히 지레짐작했다. 또 다른 이유는, 비록 첫 프로젝트의 실패가 불운에 의한 것이었지만 그 과정에서 겪은 비효율적인 작업 프로세스가 미치도록 답답했기 때문이었다. 작은 회사라면 이런 일이 적을 거라고 생각했다.

게임 업계에서 닳을 대로 닳은(?) 지금 생각하면 철없고 무모했지만, 당시에는 굉장히 진지했다. 그래서 선택한 곳이 당시 열다섯 명도 채 되지 않던 스타트업 회사 J였다. 지하철역까지 멀고도 먼 사무실에는 회의실도 없어서 외부 손님이 오면 근처 카페로 가야 했고, 책상은 마우스를 조금만 크게 움직여도 옆 사람의 팔이 닿을 정도로 좁았다. 그럼에도 시나리오 기획자를 간절히 원했던 그 회사가 나를 채용하기 위해 보여준 열정, 그리고 당시 개발 중인 프로젝트가 내 마음에 쏙 들었기에 망설임 없이 입사를 결정했다.

현실은 이상과 달라도 너무 달랐다. 수많은 스타트업 회사가 으레 그렇듯 프로젝트는 처참하게 실패했다. 첫 회사는 그래도 중견기업이었고, 비록 그곳에서 내가 처음 맡은 프로젝트가 드롭되었다고는 해도 그 프로젝트가 속한 게임 시리즈는 모두에게 널리 알려져 있었기 때문에 드롭 이후에도 원하는 곳으로 이직할 수 있었다. 하지만 이번에는 경우가 달랐다. 단어 그대로 '망한 커리어'로는 갈 만한 곳이 없었다.

자금이 넉넉하지 않았던 회사는 살길을 모색해야 했다. 그때부터 회사 생활은 여러 의미로 다이내믹했다. 회사는 서서히 바닥을 보이기 시작한 곳간을 채우기 위해 대기업들과 '을,' 때로는 '병'으로 외주 개발을 해야 했다. 그 사이사이 별의별 PF Project Financing(투자금 유치) 문서를 들고 발표도 다녀야 했다. 내 업무의 스펙트럼 역시 확 달라졌는데, 입사할 땐 '게임 시나리오 기획자'였지만 이제는 게임 기획과 관련된 거의 모든 업무를 해야 했다. 가난한 스타트업 회사는 돈도 사람도 시간도 부족했다. 난생처음으로 시스템 기획서를 쓰고 각종 데이터 테이블을 만들었으며 사업 제안서를 썼다. 제멋대로인 갑질과 터무니없이 빠듯한 일정, 자금 압박의 삼중고에 시달리던 회사에는 '어떻게 이런 인성의 개발자가 다 있지' 싶은 사람들이 긴급 수혈되고 또 쉽게 떠나갔다.

그런 와중에도 나는 최선을 다했다. 외주 개발 일로 파견을 나간 대기업의 근사한 사무실 구석 자리에 혼자 앉아 삼각김밥을 먹으며 노트북을 두들기는가 하면, 비전 없고 가난한 스타트업 회사의 일원이라면 일상적으로 겪을 수밖에 없는 무시와 힐난 속에서도 꿋꿋이 사업 제안서를 발표했다. 밤에는 이 암흑기를 돌파할 오리지널 게임 기획서를 썼다. 오죽하면 함께 일하던 프로그래머가 내 어마어마한 문서 더미들을 보고는 "너 국문과 출신이라고 하지 않았냐?"(당시 IT 업계에는 인문학 전공자가 매우 드물었다)라며 놀라기도 했다. 그러나 회사 사정은 좀처럼 나아지지 않아서, 암흑기는 끝날 기미를 보이지 않았다. 첫 회사의 동료들이 근사한 회사와 프로젝트로 커리어를 만들어갈 동안, 나는 빛도 보지 못한 채 파기되기 일쑤였던 기획서와 제안서의 산속에 파묻혀 밤을 새우면서도 이대로 게임 업계에서 가라앉고 마는 게 아닌가 하는 두려움에 떨어야 했다.

실제로 도망친 적도 있다. 내 시나리오 라이팅 실력을 높이 산 한 업계 선배가 함께 포털에서 웹툰을 연재하자고 제안해왔을 때의 일이다. 미래가 보이지 않던 나는 주저 없이 퇴사하고 선배의 사무실에 들어갔다. 하지만 에이전시 회사의 중간 장난질로 웹툰 연재는 시작조차 못 하고 실패했다. 픽션에서든 논픽션에서든 도망자의 말로가 늘 비슷한 것처럼, 나는 초라한 몰골로 회사에 다시 돌아갔다. 날 받아주는 곳은 J사밖에 없었다.

그런데 그 후, 가뭄의 단비와도 같은 한 줄기 빛이 회사에 드리워졌다. 수없이 시도하고 실패하던 프로젝트들 중 하나가 시장에서 반응을 보이기 시작한 것이다. 우리 모두 악착같이 그 빛에 매달렸고, 드디어 성공다운 성공이 찾아왔다. 지금도 내 커리어를 대표하는 대히트작 '프로젝트A'는 긴 암흑기 속에 있던 우리를 빛의 세계로 이끌었다. 회사는 겨우 탄탄대로를 걷게 되었다.

정신을 차리고 보니, 나는 '지옥 밑바닥에서 기어 올라온 커리어를 가진, 멀티플레이 기획이 가능한 게임 시나리오 기획자'라는 특이한 포지션이 되어 있었다. 5년 전만 하더라도 엑셀의 셀 나누기조차 못 하던 국문과 출신 글쟁이가, 어느 회사의 어느 프로젝트에 갖다 놓아도 최소 1인분 이상을 할 수 있는 기획자가 된 것이다.

이어지는 커리어에서 나는 이 모든 것을 아주 제대로 써먹게 된다. 최선을 다해 버텨낸 이전의 암흑기가, 마치 다음 커리어를 위해 일부러 준비된 것처럼 느껴질 정도로.

벼락감투도 감당 가능 - - - - - - - - - - - - - - - →

　날이면 날마다 밤을 지새우며(낮에는 외주 개발을 해야 했기 때문이다) 만든 프로젝트A가 대히트를 치면서 회사는 큰돈을 벌게 되었다. 30명을 겨우 웃돌던 직원은 순식간에 100여 명으로 불어났고, 중견기업에 인수되어 계열사가 되었다. 상전벽해라 할 만한데, 이즈음 엉뚱하게 내가 그동안 타의로 갈고닦아온 능력이 빛을 발하기 시작했다. 회사의 덩치가 커지고 프로젝트A가 모기업의 매출에 중요한 비율을 차지하게 되면서 라이브 서비스의 안정화가 무엇보다 중요해졌는데, 이를 위해서는 제대로 된 '지휘자'가 필요했다(실제로 론칭 시 크게 히트를 쳐도 이후에 라이브 서비스를 제대로 운영하지 못해 금방 순위에서 사라지는 게임이 굉장히 많다). 론칭 직후까지는 대표이사가 그 역할을 했지만, 회사가 커지면서 대표이사는 더 이상 개발에만 신경 쓸 수 없게 되었다. 그러자 자연스럽게 내 역할이 커졌다. 이미 나는 '시나리오와 설정만 쓸 줄 아는 기획자'가 아니라 '해당 프로젝트의 개발 전반을 두루 이해하는 기획자'가 되어 있었다.

기획 팀장에서 팀장 겸 개발PM으로, 그리고 얼마 지나지 않아 PD로 직책이 바뀌었다. 아직 업계에서 10년도 채 되지 않은 연차를 감안하면 파격 승진, '벼락감투'였다.

초반에는 실수도 하고 헤매기도 했지만 나는 빠르게 적응했다. 라이브 서비스에서 터지는 수많은 이슈에 대응하고, 30명 가까운 직속 조직과 10명 가까운 지원 조직을 지휘하여 성공적인 지표(일일 접속자 수, 매출 등)를 유지해나갔다.

그동안 꿈같은 일도 일어났다. 'NDC'라 불리는 넥슨 개발자 콘퍼런스Nexon Developers Conference에서 두 차례 발표자로 나서게 된 것이다. 매해 열리는 NDC에서는 그해 업계에서 가장 이슈가 된 프로젝트의 인물들이 강단에 선다. 게임 업계인들과 지망생들에게는 굉장한 축제의 장으로, 그곳에서 발표한 경험은 여전히 벅차오르는, 내 커리어에서 빼놓을 수 없는 일부가 되었다.

돌이켜보건대, 이 벼락감투를 감당해낸 것은 아이러니하게도 미래가 보이지 않던 지옥 같은 기간이 있었기에 가능했다. 두번째 회사로 크고 탄탄한 곳을 선택했다면, 게임 시나리오 기획자로서 커리어는 안정적으로 이어갈 수 있었겠지만 단기간에 PD와 같은 높은 직책까지 올라가는 일은 어림도 없었을 것이다. 설령 운이 좋아 높은 직책에 올랐다 해도, 지옥 밑바닥에서 자의 반 타의 반으로 다진 기초가 없었다면 벼락감투는 말 그대로 벼락으로 끝나고 프로젝트A에서의 성공적인 커리어는 꿈으로 남았을 것이다.

전화위복, 새옹지마. 옛말 틀린 거 없다고 했던가. 이도 저도 못 되고 다 실패해 진창에 처박혔지만, 그래도 절망하지 않고 순간순간 최선을 다해 살았더니 그 경험들이 성공적인 커리어의 밑바탕이 되었다. 여기서 분명한 건, 기회가 내게 왔을 때 내가 준비되지 않았다면 기회는 날아가버렸을 것이라는 점이다. 커리어의 최저점에서, 그저 암울함만을 곱씹으며 무기력한 시간만을 보냈다면 이 잔인한 IT 업계에서 나는 진작에 팅겨 나왔을 것이고 이 글을 쓸 기회도 없었을 것이다.

COFFEE

BREAK

[오후]

나 →　　(혼잣말) 아니, 왜 해도 해도 일이 안 끝나지……

지나가던 PD →　일을 빨리 안 해서가 아닐까?

나 →　　……

[저녁]

PD →　　(혼잣말) 아니, 뭔 메일이 써도 써도 끝이 없어!

지나가던 나 →　메일을 빨리 안 써서 그런 게 아닐까요?

PD →　　……

프락치фракция [러시아어] : 특수한 사명을 띠고 어떤 조직체나 분야에 들어가서 본래의 신분을 속이고 몰래 활동하는 사람.

인터넷에서 중국 고사라고 떠도는 말 중에 이런 것이 있다 (실제로 있는지는 확인되지 않았다고 한다).

원수가 있다면 칼 대신 낚싯대를 꺼내라. 그리고 낚싯대를 강에 드리우고 그저 기다려라. 그러면 언젠가 그 강 위로 둥둥 떠내려오는 원수의 시체를 마주하게 될 것이다.

참으로 적절한 말이다. 과장 없이 내가 직접 겪었으니 말이다.

프로젝트A가 성공하면서 J사는 수많은 중견기업의 구애를 받기 시작했다. 특히 당시는 스마트폰 시대의 초입이어서, 가능성이 조금이라도 보이는 모바일 게임 회사를 자금력 있는 중견기업들이 불도저처럼 무조건 인수하고 보는 식으로 수많은 M&A가 진행되고 있었다. J사 대표 TG는 평소 사원들에게

'로켓 이론'을 줄기차게 설파하던 매우 순수하고 열정적인 사람으로, 당시 프로젝트A의 성공에 한껏 들떠 있었다(그때 그에게 다른 꿍꿍이는 없었다고 생각한다). 그러던 어느 날 한국에서 이름만 대면 누구나 다 아는 포털을 보유한 회사 V가 인수를 타진해 오면서, 회사는 구체적인 계약 절차에 들어가기 시작했다. 함께 고생한 모두를 로켓의 꼭대기 층에 앉히고 싶었던 TG는 각자에게 배분했던 스톡옵션을 인수 금액으로 보장하는 특이한 계약을 추진했다. 그 덕분에 고작 업계 7년 차에 불과했던 나도 어마어마한 금액이 쓰여 있는 문서에 사인할 수 있었다. 그날의 기억은 아직도 생생하다. 나는 집으로 돌아와 떨리는 목소리로 아내에게 그 소식을 전했다(사인까지 했으니 모든 게 딜, 즉 이미 다 된 계약인 줄 알았다). 계속되던 생활고에 시달리던 우리 둘은 두 손을 맞잡고 눈물을 글썽였다.

하지만 그 M&A 계약은 결국 어그러졌다. 특이한 계약 조건들 때문에 인수에 필요한 금액이 치솟으면서, 이 금액을 모두 회수할 자신이 있느냐는 V사 이사회의 질문에 담당 이사가 발을 뺀 것이다. 거기다 J사 내부의 핵심 직원 한 명이 난데없이 '나는 재미있는 게임을 만들고 싶지, 큰돈을 벌자고 게임을 만드는 게 아니다'라고 주장하며 트러블을 일으킨 것도 나비효과로 작용했다. 사인하던 날만큼, 계약에 실패한 날의 기억도 아직 생생하다. TG와 거의 모든 사원이 '멘붕'에 빠져서 사실상 업무가 불가능해진 회사는 그 주의 남은 평일을 모두 임시 휴일로 지정했다. 나는 비틀대며 집까지 간신히 돌아온 후, 아내를 끌어안고 펑펑 울었다.

아무리 M&A 광풍이 불던 시기였다지만 한번 M&A에 실패한('먹다 뱉은') 기업은 가치가 폭락한다. 결국 회사는 V사에 제시한 인수 금액에 비하면 헐값이나 다름없는 조건으로 E사에 팔렸다. 지극히 일반적이고 보편적인 계약 형태로 인수되었기 때문에 TG와 일부 이사진들만 경제적 업사이드를 이룰 수 있었다(말이 그렇다 뿐이지, 그들이 손에 쥔 금액 역시 V사 때보다는 훨씬 낮았다).

E사는 사업 측면에서는 깐깐하기로, 개발 측면에서는 직원을 막 굴리기로 유명한 회사였다. E사의 자회사가 된 J사 역시 E사의 문화를 따라가야 했고, 많은 것이 바뀌게 되었다. 특히 프로젝트A의 라이브 서비스를 진행하면서 손발을 맞춰야 했던 E사 담당 부서의 무능함과 나이브함은 갓 PD를 단 나는 물론 TG까지 치를 떨 정도였다. 프로젝트A가 성공적인 라이브 서비스를 이어가는 동안 우리는 피, 땀, 눈물을 흘려야 했다.

크나큰 스트레스와 치욕, 고생에 허덕이던 어느 날이었다. TG가 나를 포함한 프로젝트A의 핵심 직원 몇 명을 비밀리에 불러 모았다. 그가 낮은 목소리로 밝힌 소식은 그야말로 놀라웠는데, V사의 라이벌인 U사에 사업 제안서를 넣어서 U사가 긍정적으로 검토하고 있다는 것이었다. 그는 U사에서 큰 투자를 받아 자회사를 설립한 뒤, 프로젝트A의 핵심 직원들을 한 꺼번에 이직시킬 계획을 세우고 있었다. 물론 이를 이행했을 때 E사에서 곱게 볼 리 없었으니 법적 자문과 검토까지 병행하면서 말이다.

그 자리의 모두가 눈을 반짝였다. E사의 무능함에 진저리를 치던 내게도 솔깃한 소식이었다. 다만 한 가지 의문이 들어 TG에게 질문을 던졌다.

"근데 저희가 한꺼번에 나가면 남은 사람들은 어떻게 돼요?"

"뭐가 어떻게 돼. 알아서 하는 거지."

나는 적잖은 충격을 받았다. TG의 심정이 충분히 이해되기는 했다. 모두와 함께 로켓을 타고 날아오르고 싶었으나 본인이 어찌할 수 없는 이슈들로 인해 코앞까지 온 꿈이 깨졌으니 (창업자로서 꿈꿔오던 본인의 경제적 업사이드 규모도 너무 작았고), 이번에야말로 성사시키고 싶었을 것이다. E사로 인해 PD인 내가 받는 스트레스도 이만할지언대, 자회사 대표로서 그가 받는 스트레스는 더 어마어마했을 테니 말이다. 하지만 (이기적 보신주의도 작용해서) 머리로는 이 상황을 잘됐다고 받아들인다 쳐도, 마음속으로는 '정말 이래도 괜찮나?'라는 의구심을 지우지 못했다.

TG의 계획은 착실히 진행되어갔다. 나는 U사에 제출할 구체적인 사업 계획서를 작성하기 위해 프로젝트A의 업무와는 별개로 새 프로젝트를 기획해나갔다. 생각보다 그럴싸한 결과물이 나와서 분위기는 매우 좋았다.

하지만 발 없는 말이 천 리를 간다고, 일명 'TG의 멤버'에 들지 못한 직원들 사이에 동요가 일었다. 세부 내용이 직접적으로 새어 나가지는 않았지만, 누가 봐도 대표를 포함한 핵심 직원들의 마음이 딴 데 팔린 듯했으니 눈치를 채는 것도 당연했다. TG는 날이 갈수록 날카로워졌다. 계약 체결 전 E사에 이 일이 알려져버리면 법적으로 큰일이 될 것이고, U사는 나 몰라라 발을 뺄 게 틀림없었기 때문이다. 그렇다 보니 프로젝트A의 업무와 U사의 신규 게임 준비를 병행하느라 마찬가지로 날카로워져 있던 나는 TG와 사사건건 부딪히기 시작했다. 급기야 어느 날 오후, 프로젝트A의 다음 업데이트 정책을 논하다가 큰 싸움을 벌이고 말았다.

다음 날부터 이상한 일이 벌어졌다. TG가 나를 노골적으로 무시했다. 출근 때 인사를 해도, 업무 때문에 말을 걸어도 무시했다. 더 희한한 일은, TG뿐 아니라 TG의 멤버들도 나를 슬슬 피했다는 것이다. 멤버 중에 나와 사적으로도 친한 동료에게 따로 '대체 무슨 일이야?'라고 물어봐도, 그조차 '응, 뭐……'라며 확답을 주지 않았다.

그때 나는 깨달았다. 'TG의 멤버에서 내가 빠졌구나'라는 것을 말이다. 비록 이 정도까지는 아니었지만 크고 작은 싸움은 자주 있어왔기에 이번 일도 그다지 대수롭지 않게 여겼는데, TG의 생각은 달랐던 것 같다. 그럼에도 나는 침착함을 지켰다. 실망감이나 배신감이 들기는커녕 '그렇구나, 그럼 할 수 없지'라며 담담했다.

U사와 합의에 이른 TG는 다른 멤버들과 회사를 떠날 채비를 마쳤다. E사는 TG를 대신할 새 대표가 며칠 뒤 선임된다는 공지 메일을 전 사원에게 보냈다. 그때부터 나는 바빠졌다. 내부 직원들의 동요가 컸기 때문이다. 별의별 루머가 다 돌았는데, 그중에는 새 대표가 데리고 온 멤버들이 프로젝트A를 맡으면서 기존 멤버들은 모두 부서 이동이나 구조조정의 대상이 된다는 소문도 있었다. 단순히 루머로만 치부할 수도 없는 것이, 게임 업계에는 이런 일이 비일비재했다. 떠나는 멤버를 제외하면 리더라고 부를 만한 사람이 나밖에 없었기에 말 그대로 모두 나만 바라보는 상황이 되었다. 덕분에 나는 모두 일일이 면담하고, E사를 방문해 내부 정보를 물어보고, 그사이 프로젝트A의 라이브 서비스에 영향이 가지 않도록 관리하는 등 바쁜 나날을 보냈다.

TG와 멤버들이 떠날 날을 며칠 앞둔 때였다. TG가 나를 회의실로 불렀다. 마지막 싸움 이후 처음 있는 일이었다. 의아했지만, '그래도 오랫동안 함께 일한 만큼 작별 인사는 하려나 보다'라고 짐작하며 회의실에 들어갔다. 그러나 회의실 의자에 앉은 내게 그가 건넨 말은 지금도 잊을 수 없는, 평생 나를 따라오는 말이 되었다.

"너 요즘 왜 프락치 짓 하고 다니냐?"

그 말을 듣는 순간 나는 폭발했다. 그에게 인간적인 도의를 따져 묻고는, 당신이 저지른 일 때문에 중간에 끼여서 수습하느라 고생 중인 내게 어떻게 그런 말을 할 수 있느냐며 고성을 질렀다. 반쯤 이성을 잃고 덤비는 내게 질렸는지 그는 아무 말도 하지 않았다. 그게 우리가 얼굴을 마주한 마지막 순간이었다.

며칠 후, TG와 그의 멤버들은 이직했다. 사무실에는 E사에서 임명한 새 대표와 그의 왼팔 오른팔 들이 찾아왔다. 다행히도(?) 그가 개발보다는 사업에 특화된 덕분에, PD인 나를 비롯한 모든 개발 인력은 이후에도 온전히 프로젝트A의 개발에 집중할 수 있었다.

다만 슬프게도, 아픔은 여기서 끝나지 않았다. 아니, 이제 시작일 뿐이었다.

야반도주의 전문가 - - - - - - - - - - - - - - - →

나는 다시 프로젝트A에 집중했다. 주변의 여러 리더들에게 도움을 받아 라이브 서비스를 순조롭게 이어나갔다.

그즈음 이상한 소문이 들려왔다. U사로 이직한 TG가 프로젝트A와 내 험담을 하고 다닌다는 것이었다. 처음에는 대수롭지 않게 넘겼지만, 소문은 점차 무시할 수 없는 디테일을 띠어갔다. 마침 TG와 함께 식사를 했다는 지인에게 구체적으로 전해 들은 이야기는 소문과 완전히 일치했다.

프로젝트A는 6개월 뒤에 망할 거예요. 왜냐고요? 저와 핵심 직원들이 6개월 업데이트분만 만들어놓고 나왔기 때문이죠. 후임 PD요? 걔는 아무것도 못 해요. 두고 보세요.

이쯤 되니 웃음이 나왔고, 오히려 '그래, 6개월 뒤에 보자'라는 오기가 생겼다. 6개월은 순식간에 지나갔다. 여전히 소문으로 들려오는 TG의 험담은 내용이 조금 바뀌어 있었다.

프로젝트A는 망할 날이 머지않았어요. 저희가 진정한 후속작을 만들고 있거든요. 이거 출시되면 프로젝트A는 망해요. 지금 PD랑 개발진은 저희가 남겨놓고 나온 걸 이어받아서 업데이트만 하고 있을 뿐이에요.

다른 지인에게 이 얘기를 처음 전해 듣고서 한참 웃은 기억이 난다. 오히려 지인이 더 분개하면서, 그걸 참다니 대단하다는 말을 덧붙였다. 사실 별 감흥이 없었다. TG 스스로 켕기는 마음을 부정하려고 도리어 더욱 공개적으로 험담하고 다니는 것을 알고 있었기 때문이다.

몇 달 후, U사의 투자를 받기 위해 내가 계획서를 썼던 게임이 정식 출시되었다. 그때만큼은 마음의 동요가 컸다. 비록 내가 만든 것은 사업 계획서 단계의 초안과 기초 구조였지만, 어쨌든 그때 작업한 흔적이 남아 있는 게임의 모습을 보니―나도 사람인 이상―씁쓸한 마음이 들었다. TG의 호언대로 게임은 큰 히트를 쳤다. 다만 그의 험담은 또다시 틀리게 되었는데, 그 게임의 히트와 상관없이 프로젝트A는 여전히 굳건하게 버티고 있었다. 그래서 TG가 과거 대표로 있던 회사의 게임과 현재 대표로 있는 회사의 게임이 매출 순위 상위권에 나란히 자리하는 진풍경이 펼쳐졌다.

반년 후, 깜짝 놀랄 일이 벌어졌다. U사의 게임이 각종 순위에서 아득하게 떨어진 것이다. 원래 게임이 라이브 서비스 단계에 들어서면서 업데이트 시기와 그렇지 않은 시기 사이에 순위 변동이 있곤 하지만, 그것을 아예 감안할 수조차 없을 정도의 하락이었다. 유저 게시판은 온갖 비난과 욕설로 도배되어 있었다. 며칠 뒤 더 경악할 만한 소식이 전해졌다. TG와 그의 멤버들이 U사에서 하루아침에 사라져서는 L사로 이직했다는 것이었다. 나 때의 경험을 교훈(?) 삼아 이번에는 철통같은 보안을 유지했는지, 어느 날 대표를 포함한 핵심 리더들이 말 그대로 증발해버렸다는 블랙코미디 같은 소식이었다. 그제야 그 게임의 갑작스러운 몰락이 이해되었다. 프로젝트A는 그들이 떠나도 나를 비롯한 '고참'들을 중심으로 무너지지 않을 수 있었다. 반면 U사는 TG와 그의 멤버들을 제외하면 신입 혹은 2~3년 차 직원이 대다수여서, 그들의 업무 공백을 메우지 못했던 것이다.

TG는 '야반도주의 전문가'라는 별명을 얻었다. 그러면서도 프로젝트A와 U사에서 론칭한 게임으로 능력을 인정받아 L사의 본부장으로 이직하여 인생 최고의 황금기를 맞이하게 되었다(그의 멤버들도 L사로 함께 갔다).

잘나가게 돼서인지는 몰라도, 프로젝트A와 나에 대한 TG의 비난은 점점 도를 넘어섰다. 한번은 TG가 내 지인을 포함한 여럿과 식사한 적이 있었다. 그 자리에서 어쩌다 내 이야기가 나오게 되어 지인이 날 '프로젝트A의 PD를 가장 오래 맡은 사람'이라 언급했을 뿐인데도, TG가 불쾌함을 숨기지 않으며 지인을 비난했다고 한다(당연히 지인은 크게 불쾌해했다). 하지만 이미 나는 그와 그의 멤버들에 대한 관심을 아예 끊은 뒤였다.

곧 TG와 그의 멤버들은 L사에서 게임을 출시했다. 출시 첫날 게임을 플레이해본 나의 반응은, '이거 위험한데……'였다. 예상대로 그 게임은 론칭 효과를 짧게 누리다가 각종 순위 지표에서 수직 하강하더니 오래 지나지 않아 순위권에서 아예 사라지고 말았다.

TG는 L사에서 거듭된 실패를 겪으며 유난히도 빠르게 몰락했고, 결국 L사를 퇴사했다. 이후 야인으로 지내며 줄기차게 게임 업계 재입성을 노렸지만 끝내 실패하고 말았는데, 아이러니하게도 그가 나와 프로젝트A에 대해 험담하던 것이 그의 업계 재입성에 마이너스로 작용하는 것을 직접 목격하기도 했다. 그는 가족들을 데리고 외국으로 이민을 가서 새로운 삶을 시작했다.

지금 내게는 이 모든 것이 그저 반면교사다. 그때 억울한 마음에, 지지 않겠다며 험담에 험담으로 대응했다면 내 인생도 지금 같지 않았을 것이라고 생각하니 제법 오싹하다. 인격이 훌륭해서가 아니라 나도 강에 떠내려가지 않기 위해, 낚시를 계속하기 위해 발버둥 치다 보니 피할 수 있었던 결과라는 점에서 더더욱 그렇다.

둥둥 떠내려오는 적의 시체

최근 기막힌 뉴스를 접했다. 나를 그렇게나 괴롭혔던 E사에 크나큰 악재가 터진 것이다. 자업자득이나 마찬가지였기 때문에 E사의 주가는 고꾸라졌고, 주주들과 경영진은 패닉 상태가 되었다.

참 묘하다. 자의 반 타의 반으로 그저 낚싯대를 드리우고 내 낚시에만 신경 쓰고 있었을 뿐인데, 원수들의 시체가 하나둘씩 떠내려가는 것을 보게 된다. '알고 보니 저 사람이 진짜 실력자'라는 약간의 반사 효과도 얻고 말이다.

이것만 기억하자. 속을 게 없으면 속지 않게 되고, 속지 않으면 분할 일이 없으며, 분할 일이 없으면 그저 최선을 다하며 내 실력을 쌓을 수 있다. 내 낚싯대에만 신경을 쓰고, 상류에서 낚시를 하는 원수들에 대한 생각을 지우자. 그러면 나는 꾸준히 살아남아 고기를 계속 낚으며 어느새 강물에 떠내려오는 적의 시체를 보게 될 것이다.

2부

'자기 관리'에
눈살을 찌푸렸다면

'직장인 메이커' 게임은 2회 차가 없다.

그러니 배드 엔딩을 보지 않기 위해 최선을 다해야 하지 않겠는가.

프린세스 메이커

대형 서점에 가면 '직장인 필독서' 코너가 반드시 있다. 그곳에 자리한 거대한 책장에는 수많은 종류의 자기 계발서가 빼곡히 꽂혀 있다. 그만큼 인기가 있고 잘 팔린다는 말이다.

모든 자기 계발서가 각기 다양한 주장과 논리를 펼치겠지만, 거의 빼놓지 않고 들어가는 단어가 있다. 바로 '자기 관리'다. '자기 관리'란 말이 나오자마자 눈살을 찌푸리는 당신, 안다. 나도 그 말이 지겹다. 무슨 뜻인지는 알지만 당장 구체적으로 뭘 해야 할지는 모르겠고, 찾아보자니 귀찮고, 막상 하자니 체력과 의지는 부족하고, 그 모든 걸 최소 수년 이상의 경험으로 아주 잘 알고 있으니 이젠 그 말 자체를 싫어하게 되고 외면하게 되는.

그렇다면 관점을 조금 바꿔보자. 고전 명작 게임인 〈프린세스 메이커〉에 대입해보면 어떨까[내 연식(?)에 걸맞은 오래된 예시인 건 안다. 다만 요즘에도 유튜브나 트위치 등에서 수많은 스트리머들이 플레이하는 게임이니, 젊은 분들도 아시리라는 생각에 용감히 꺼내보았다]. 은퇴한 용사인 플레이어는 어느 날 갑자기 하늘에서 뚝 떨어진 딸아이를 키우게 된다. 그냥 가정교사를 들이거나 학원을 보내 교육만 시킨다고 끝이 아니다. 플레이어가 가난하니 학원비와 용돈 등을 벌려면 아르바이트도 해야 하고, 무사 수행을 보내 단련도 해야 한다. 그러다 보면 딸은 지치고 스트레스를 받아 비뚤어지기도 한다. 제목처럼 딸을 공주로 만들겠다는 목표로 게임을 시작하지만, 어느새 내 딸이 농부의 아내나 용병, 교사 등이 되어버린 엔딩을 보고 있자면 '쉽지 않네'란 말이 절로 나온다.

자, 이제 '자기 관리'란 말을 '직장인 메이커'로 바꿔보자. 그리고 이 삶을 게임이라고 생각해보자. 모든 것이 스테이터스와 퀘스트가 되는 셈이다. 그렇다면 나 스스로를 위해 무엇부터 '관리'해야 할까? 참고로 이거, 게임만큼이나 쉽지 않다.

커리어 관리, 쫓느냐 쫓기느냐 - - - - - - - - →

(게임 업계를 포함한) IT 업계는 잔인하다. 과장이 아니라 정말로 인정사정없는 곳이다. 모든 것이 실력 위주로 돌아가기 때문에 이곳에서 버티려면 트렌드를 끊임없이 좇아야 하는 것은 물론, 커리어 관리도 매우 중요하다. 결론부터 말하자면 커리어가 나를 쫓아야지, 내가 커리어를 쫓아가는 상황이 되어선 안 된다. 한번 쫓아가는 상황이 되어버리면 나와 커리어 간의 차이는 점점 벌어지기 십상이다. 좁힐 수 없을 만큼 거리가 벌어졌다면? 업계에 더 이상 내가 머물 곳이 없어진다.

나도 연차가 높아진 만큼 회사 생활을 하면서 사람을 뽑을 때가 많은데, 여러 이력서를 받으면서 가장 안타까운 경우는 바로 다음과 같은 이력서를 받았을 때다.

- 업계에서 일한 연수가 최소 두 자리 이상
- 그런데 히트작은커녕 론칭작이 단 하나도 없음
- 거쳐온 회사 중 한두 곳을 제외하면
  모두 재직 기간 1년 미만

- 재직 기간이 짧은 이유는 대개 회사 폐업 혹은 임금 체불
- 최근 이력일수록 회사 규모가 작고 제대로 된 프로젝트가 아님
- 연차에 비해 터무니없이 낮은 연봉
- 너무도 올드한 스타일의 포트폴리오

이런 이력서가 바로 '내가 커리어를 쫓아가다가 놓쳐버린 경우'이다(업계에선 보통 '꼬인 경력'이라고 표현한다). 신입이 아닌 이상 업계에서 내가 얼마만큼의 가치를 가지고 있는지 따질 때에는 그간 거쳐온 커리어가 반드시 포함된다. 업계에서 머무른 기간이 길면 길수록, 내가 갖춘 능력이나 실력보다 (포트폴리오나 맡았던 직책 등으로 증명하는) 커리어가 더욱 중요해진다. 능력과 실력처럼 커리어도 '관리'가 필요하다는 의미다.

반대로 커리어가 쫓아오는 사람들의 이력서는 서류 심사에서 탈락할 확률이 매우 적다. 아니, 애당초 구직 서류를 넣을 일 자체가 적다. 이들의 이직은 인맥이나 스카우트, 헤드헌팅 등으로 이루어질 때가 많기 때문이다.

물론 프로젝트의 론칭은 운이 따라야 하고, 론칭 후의 히트는 천운이 따라야 한다(흔히 업계인 사이에서는 론칭작이 히트할 확률을 6퍼센트 정도라고 말하곤 한다). 하지만 별다른 히트작이 없어도 커리어가 자신을 쫓아오는 경우 또한 드물지

않다. 프로젝트는 성공하지 못했지만 거기서 자신의 실력과 태도를 입증해, (이미 빛나는 커리어를 많이 이룬) 상급자에게 픽업되어 다른 프로젝트로 함께 전배를 가거나 이직하는 것이다(큰 변수가 없는 이상 이 상급자는 계속 그에게 자신과 함께 하자고 권유할 확률이 높다).

커리어를 쫓아가야 하는 이들을 단순히 운이 나빴다고 말할 수도 있겠지만, 불운이 10년 넘게 지속되었다면 업계의 시선은 이를 '불운'이 아니라 '커리어 관리 부족'으로 바라본다.

경력자 커뮤니티에서 인상 깊게 본 글이 있다.

> **게임의 완성은 후반으로 갈수록 지겹고 재미없는 일을 꾸역꾸역 해야 가능한 일이다. 경력이 많은데 이 경험을 못 해봐서 완성까지 못 간 시니어들이 많다.**

이 글에 전적으로 동의한다. 앞에서 예로 든 이력서가 바로 저런 경력이 누적된, '연차만 쌓여서 어쩔 수 없이 시니어가 된 시니어'다. 변동성과 유동성이 큰 프로젝트 초·중반 단계에는 리더의 역할과 조직의 단결이 중요하고, 후반 단계에는 각 실무자의 꾸준한 퍼포먼스가 중요하다. 전자를 제대로 못하면 프로젝트의 방향성이 허구한 날 갈아엎어지게 되고, 후자를 못하면 프로젝트의 퀄리티와 디테일이 낮아진다(론칭, 히트의 확률도 함께 낮아지게 된다). 그래서 개인적으로는 신입이나 주니어들에게 첫 프로젝트로 가급적 (론칭작의) 라이브 서비스를 추천하는 편이다. 기존에 쌓인 작업물에서 배울 것도 많고, (신입과 주니어들을 가장 탈력하게 하는) 프로젝트 갈아엎기도 없으며, 자신의 역할이 매우 뚜렷하기 때문이다. 물론 이미 존재하는 제품에 맞춰서 개발하다 보니 '만드는 재미'는 신작 개발보다 확실히 떨어진다. 하지만 제대로 된 시니어가 되기 위한 커리어 관리 측면에서는 확실한 탄탄함을 보장한다.

그래서 업계 5~10년 차의 커리어 관리는 특히 중요하다. 확률이 매우 낮은 '히트작 개발 경험'은 예외로 치더라도, '신작 개발 경험' '신작 개발 경험+론칭 경험' '라이브 서비스 경험' 이 세 가지는 비슷하면서 다르기 때문이다. 경력은 10년이 훌쩍 넘었는데도 이 중 하나라도 제대로 갖추지 못했다면, 이전까지는 생각조차 하지 않았던, 내게서 도망가는 커리어를 어느 날 갑자기 체감하게 된다.

다시 한번 강조하지만 IT 업계는 잔인하다. 도태되면 내게 문을 열어주는 곳이 한 군데도 없어져서, 그저 쓸쓸히 떠날 수밖에 없다. 나 역시 예외가 아니기에, 오늘도 힘껏 발버둥 치고 있다.

COFFEE

BREAK

PD →	디렉터님, 이 일 좀 해주십쇼.
나 →	아니 그걸 왜 내가……
PD →	Design Director, DD를 한글로 키보드 설정을 바꿔 치면 뭔지 아십니까.
나 →	알 게 뭡니까.
PD →	'ㅇㅇ'입니다. 즉, 긍정하는 자.
나 →	그리고 ㅇㅇ는 '야 이……'의 약자죠.
팀원 →	오늘도 평화롭네요.

핸드폰 게임이나 만드는 주제에 ----------->

지금은 상상조차 하기 힘들지만, PC 게임을 만드는 개발자들이 스마트폰 게임을 만드는 개발자들을 '수준 낮게 핸드폰 게임이나 만들다니 쯧쯧'이라면서 얕잡아 보던 시절이 있었다. 용량과 기기 성능, 통신 환경의 한계로 비교적 단순한 구조와 가벼운 게임성을 띠던 피처폰(2G) 게임 개발자들을 PC 게임 개발자들이 낮추어 보던 나쁜 문화가, 초창기 스마트폰 게임 개발자들에게까지 이어진 것이다.

물론 모든 디지털 문화가 스마트폰 중심으로 재편된 지금은 그런 말을 하는 사람을 찾아볼 수 없다. 바꿔 말해, 당시 그런 말을 했다면 시대의 흐름을 읽지 못한 것이다. 내 최초 히트작이자 최고의 커리어인 프로젝트A는 스마트폰, 그 안에서도 정확히는 1.5세대에 속하는 게임이다. 이 프로젝트를 한창 개발하던 시기는 스마트폰 시대가 본격적으로 도래하기 전이었고, 나 역시 스마트폰 게임 개발자들을 얕잡아 보는 이야기를 직간접적으로 많이 들었다.

프로젝트A가 세상에 나오려면 아직 먼, 그러니까 내 커리어가 한창 지옥 밑바닥에서 뒹굴 때였다. 한국 게임 업계 굴지의 중견기업 N사에 다니던 업계 선배가 회사 앞까지 나를 찾아왔다. 그는 당시 게이머들의 기대를 한 몸에 받던 PC용 MMORPG인 〈BS〉를 만들면서, 게임 시나리오 기획 총괄직을 맡고 있었다.

"우리 팀에 퀘스트 시나리오 잘 쓰는 친구가 한 명 더 필요해. 널 추천하고 싶다."

카페에 앉아 커피 첫 모금을 넘기자마자 그는 내게 자신의 팀에 합류할 것을 권했다. 직접 말로 하진 않았지만, 아끼는 후배의 커리어가 이렇게 망가지는 꼴을 보기가 안쓰럽다는 뉘앙스도 짙게 배어 있었다.

사실 그것은 천재일우의 기회였고, 선배는 나에게 구원자나 다름없었다. 그때나 지금이나 한국 게임 업계에서 매출과 복지 모두 최상위권에 있는 N사 내에서도 가장 기대받는 프로젝트라면, 당시 내 스펙으로 입사하는 것은 꿈조차 꿀 수 없는 일이었다. 말 그대로 커리어를 일거에 역전하는 것은 물론, 직장인 연봉 테이블에서 최저 그룹에 속하던 개인 수입도 한껏 끌어올릴 수 있는 기회였다. 하지만 나는 그 자리에서 선배에게 이렇게 말했다.

"정말 감사한 말씀이지만, 저는 스마트폰 게임에 미래가 있다고 믿어요."

말은 이렇게 했지만, 그렇다고 '힘든 와중에도 가능성이 있다고 믿으며 그 신념 하나로 버텼다'라고 자랑스레 이야기하는 수많은 자기 계발서 저자들처럼 확신을 가진 상태는 아니었다. 저 말을 한 이유는 세 가지로 압축할 수 있을 것 같다. 하나는 젊은 허세, 다른 하나는 첫 회사에서의 경험을 반복하고 싶지 않다는 의지, 마지막 하나는 정말로 스마트폰 게임에 뭔가가 있지 않을까 하는 나이브한 희망이었다.

매우 낙담한 선배는 화를 내며 내 어리석음에 탄식을 금치 못했다(당연하다). 답답함을 가득 안고 돌아가던 그의 뒷모습을 10년이 훌쩍 넘은 지금까지 기억한다.

프로젝트A는 히트했고 나와 내 커리어의 많은 것을 바꾸어 놓았다. 이후 PD가 되고, 라이브 서비스를 성공적으로 오래 이끌며 NDC에서 발표까지 했을 무렵, 선배와 다시 만나게 되었다.

"축하한다. 너 진짜 대단하다. 솔직히 그때 나는 네가 안 될 줄 알았어. 내 생각이 짧았던 것 같다."

"무슨 말씀이세요. 누구든 그 상황에선 그렇게 생각하는 게 당연합니다. 그때 불러주신 건 평생 고마움으로 간직하겠습니다."

그때 선배의 제안을 받아들였다면 지금 나는 어떤 모습이 되어 있을까? 가끔 그 평행 우주를 상상해보곤 한다. 좋은 점은 두말할 필요 없이 많았을 것이다. 아름다울 정도로 화려해진 커리어, 훌륭한 사내 복지, 한껏 높아진 연봉과 인센티브, 너무도 수월했을 다음 이직 등. 다만 이것만은 분명히 말할 수 있다. 그 많은 장점들에도 불구하고 나는 아직 '게임 시나리오 기획자'에 머물면서 (벼락출세이긴 했지만) 히트한 프로젝트의 PD를 맡지도 못하고, 이후의 커리어에서 디렉터를 맡기도 힘들었을 거란 사실이다.

새옹지마. 인생의 길흉화복은 변화가 많아서 예측하기 어렵다는 바로 그 말처럼, 우리의 커리어도 알 수 없다.

얼리 어답터 - →

early adopter. '누구보다 빨리 최신 제품을 써보는 사람'이란 뜻을 가진 단어다. 자고 일어나면 튀어나오는 온갖 신기술과 (그것을 적용한) 신제품을 누구보다 먼저 구매해서 사용하는 IT 업계인들은 자타공인 얼리 어답터라고 할 수 있다. '〈A〉 게임이 GOTY Game Of The Year를 받았다더라'란 소식에, 대다수가 헤비 게이머인 게임 업계인들은 '아 그거, 받을 만하지'라고 반응하는(이미 구매해서 플레이한) 경우가 허다하니 말이다.

하지만 얼리 어답터 되기란 피곤함이 뒤따르는 일이다. 게임 업계에서 '최신 대세 게임'을 플레이하는 것은 일종의 불문율이다. 일과 삶에 치여 신작 게임의 플레이를 게을리하게 되면 작게는 회사의 스몰챗과 커피챗에서 소외되기 일쑤고, 크게는 개발 회의에서 레퍼런스로 언급되는 게임을 혼자만 몰라서 흐름을 못 따라가게 된다. 나 역시 공포 게임이나 격렬한 액션 게임을 무척 싫어하지만, '대세'가 되었다면 공부를 위해서라도 쉬는 시간을 쪼개어 플레이한다. 좋아서 하는 일도 피곤할진대, 싫어도 다른 얼리 어답터에게 뒤처지지 않으려고 하는 일이라면 그 스트레스는 굳이 설명하지 않아도 될 것이다.

개발 환경의 트렌드에 대해선 말할 것도 없다. PC, 게임 콘솔, 스마트폰, VR 기기 등으로 확장되는 물리적인 플랫폼과 갈수록 고도화되는 소프트웨어 환경, 자고 일어나면 등장하는 신기술, 콘퍼런스가 열릴 때마다 튀어나오는 괴물 같은 솔루션 등, IT 업계의 트렌드 변화와 발전은 무시무시하다. 업계인의 입장에선 공포 영화가 따로 없다. 조금만 한눈팔거나 나태하게 있다 보면, 분명 이전까지는 나를 태우고 달리던 열차가 지평선 너머로 점이 되어 사라지는 것을 멍하니 바라보게 된다.

그런 점에서 가장 경계해야 하는 것은 '내가 맡은 일만 열심히 하면 되지 뭐'의 자세다. 오래전, IT 산업의 발전 속도가 지금처럼 빠르지 않을 때는 내 일만 잘하면 되었다(나도 그랬다). 하지만 이제는 '내 일'의 정의에 '별도의 시간을 할애하여 얼리 어답터의 자세를 유지하는 일'도 포함되어버렸다. 예전의 관성대로 회사에서 그저 내게 할당된 업무만 하고 최신 소식들에 귀 기울이는 데 게을리하다 보면, 어느 날 갑작스럽게 들이닥치는 새로운 파도에 적응하지 못하고 휩쓸려 가버린다.

스마트폰 게임에 전혀 관심을 두지 않던 PC 게임 개발자가 그랬던 것처럼.

새로 각광받는 게임 엔진에 전혀 관심을 두지 않던 흘러간 엔진의 개발자가 그랬던 것처럼.

MMO 장르에 전혀 관심을 두지 않고 캐주얼 게임만 만들던 개발자가 그랬던 것처럼.

20년을 업계에서 버티는 동안, 트렌드를 향해 더 높은 곳으로 올라가려 하지 않던 수많은 업계 사람들이 트렌드 변화라는 이름의 쓰나미에 휩쓸리는 광경을 여러 번 목격했다.

우리는 모두 얼리 어답터가 되어야 한다. 자신의 호불호는 문제가 아니다. 살아남기 위해서 해야 하는 것이다.

COFFEE

BREAK

팀원 →	컨디션이 안 좋아 보이시네요.
나 →	응, 요즘 계속 이러네요.
팀원 →	그러고 보니 이번에 나온 〈XX〉 게임, 사셨어요? 계속 기대하셨잖아요.
나 →	아니, 아직. 이번 달 카드 값이 아슬아슬해서요.
팀원 →	그럼 제가 선물로 사드림.
나 →	어? 왜? 그러지 마요.
팀원 →	걱정 마세요, 저 좋자고 하는 거니까요.
나 →	엥?
팀원 →	디렉터님 상태가 나쁘면 저희가 너무 괴롭거든요. 이런 것에라도 푹 빠지셔야 저희 회사 생활이 그나마 좀 편합니다.
나 →	……

꼰대 디렉터인 내가 1위 웹소설 작가?   - - - - - - ➤

프로젝트A의 PD로 일한 지 2년쯤 되었을 때의 일이다. 벼락감투를 썼지만 적응도 무사히 끝냈고 매출과 일일 접속자 수를 포함한 각종 지표도 안정적으로 나오는 이상적인 상황이었다. 그럼에도 나는 남모를 고민에 시달리고 있었다. 과연 내 실무 능력은 아직 쓸모가 있을까? 관리자로서 나름 탄탄한 커리어를 계속 만들어가고 있었지만, 게임 시나리오 기획 스킬을 업무에 제대로 활용한 기억은 점점 흐릿해져갔다.

이때는 업계에서 아직 젊은 축에 속했다. 그러니 관리자가 아닌 실무자로 포지션을 옮겨 이직할 가능성도 적지 않았다. '이직하려고 보니 게임 시나리오 기획자로서 내 실력이 옛날 옛적 그대로이고 그사이 전혀 성장하지 않았다면?' 이 두려움은 결국 내 병적인 준비성을 깨웠다. 마침 한국 웹소설 시장이 태동기를 맞은 터라, 좋은 기회라 여겨 한 유명 포털의 아마추어 웹소설 리그에 익명으로 연재를 시작했다. 옛날부터 오랫동안 쓰고 싶었던, 흔히 업계인들이 '가슴속에 품은 칼'에 비유하는 나만의 이야기가 하나 있었기 때문에, 설정을 짜서 1화를 업데이트하기까지는 생각보다 오래 걸리지 않았다.

아마추어 리그가 언제나 그렇듯, 처음 반응은 차갑기 그지 없었다. 조회 수가 간신히 두 자리를 넘길 정도니 추천과 덧글이라도 0이 아닌 것에 감사해야 했다. 다만 내 목적은 여기서 프로 작가로 데뷔하는 것이 아니라 '글쟁이'로서 능력을 확인하는 것이었으므로, 다행히 그런 것에 연연하지 않고 연재를 지속할 수 있었다. 아니, 연연할 여유가 없었다. 활발히 운영 중인 프로젝트의 PD를 맡고 있었던 만큼 평일은 야근의 연속에, 주말엔 고갈된 몸과 마음의 에너지를 보충하느라 여력이 없었다. 그 와중에 2주마다 1회씩, 그것도 적지 않은 양(분량만 따지면 당시 프로 작가들의 1회 연재분보다 많았다)을 업데이트하는 것은 예상외로 무척 힘들었다. 하지만 내 스킬에 아직 확신이 없었던 데다, 무엇보다 옛날부터 구상만 해오던 이야기를 실제 집필하는 것만으로도 큰 의의가 있다고 생각했기에 꾸준히, 묵묵히 연재를 지속했다.

그렇게 6개월이 지날 무렵, 조금씩 변화가 보이기 시작했다. 꾸준히 추천을 누르고 덧글을 다는 독자가 생겨났다. 조회 수도 전반적으로 점점 올라갔다. 1화에는 '정주행 시작합니다'란 덧글이 늘어났다. 이른바 '고정 팬'이 생긴 것이다. 몇 달 후에는 최신 회차가 실시간 랭킹에 오르기까지 했다. 이런 반응들은 나를 신나게 했고, 소설은 탄력을 받았다. 회사 업무가 아무리 고되어도 밤 시간과 휴일 시간을 쪼개 어떻게든 2주 1회 업데이트를 지켰으며, 어쩔 수 없이 휴재해야 할 때는 짤막한 외전이나 캐릭터 설정이라도 업데이트하며 독자들을 달랬다.

2년 뒤, 내 소설은 업데이트 때마다 실시간 1위를 찍는 인기작이 되어 있었다. 개인 블로그나 웹소설 커뮤니티에서도 간간이 화제가 되는 것을 발견할 수 있었다.

희열을 느꼈다. 오랫동안 가슴속에만 품고 있던 이야기가 많은 사랑을 받는 것도 좋았지만, 무엇보다 '글쟁이로서 내가 아직 죽지 않았구나'를 실감한 것이 기뻤다.

원래의 목적을 달성하고 긴장이 풀리자, 연재는 점차 힘을 잃어갔다. 업데이트 주기가 길어지고 분량도 줄어들었다. 무엇보다 우울증이 발병하면서 회사 일을 붙잡고 있는 것만으로도 벅찼다. 이야기의 엔딩은 처음부터 정해져 있었지만 도달하기엔 아직 너무 멀었다. 그 길을 계속 가기엔 내게 에너지가 더 이상 남아 있지 않았다.

독자들에게는 미안한 일이었지만, 결국 나는 연재를 중단하고 웹소설 사이트에서 도망쳤다. 그래도 마음속에 한 가닥 양심은 있었는지 연재 중단 후 죄책감이 밀려들면서, 웹소설 사이트에는 발길을 끊어야 했다. 그러다 3년 만에 술기운을 빌려 들어간 적이 있다. 거기서 불과 2주 전에 달린 '작가님, 아직 기다리고 있어요'란 덧글을 보고 나서는, 10년이 다 되어가는 지금까지 다시 들여다볼 엄두를 내지 못하고 있다.

이 소설이 가져온 재미있는 일화도 있다. 프로젝트A를 그만

두고 다음 회사인 H사에서 PD로 한창 일할 때, 대표가 각 프로젝트의 PD, 기획 리더와 함께 일주일에 한 번씩 아이디어를 교환하는 TF를 만든 적이 있다. 하루는 대표가 "다음 주에는 각자 신사업 프로젝트로 1페이지 기획서를 가져와보세요"라는 과제를 냈다. 하필 프로젝트B의 마일스톤 마감일을 앞두고 TF 따위(?)에 신경 쓸 여력이 없던 나는, '예전에 게임화를 염두에 두고 이런 내용의 웹소설을 쓴 적이 있는데, 꽤 인기를 얻었다. 이 시나리오를 바탕으로 게임을 만들면 어떨까?'라는 내용의 성의 없는 기획서를 작성해 제출했다. 당연히 TF 회의에서는 별다른 반향이 없었다. 무반응도 무리는 아니지 생각하고 업무에 다시 매진했는데, 그날 저녁 뜬금없이 대표가 내게 메시지를 보냈다.

TF 회의에서 얘기했던 소설 말인데, 1화 있어?

정신없이 야근하던 나는 반신반의하며 총 연재 분량 중 10분의 1에 해당하는 PDF 파일을 하나 보냈다. 이틀 뒤 저녁, 대표에게서 다시 메시지가 왔다.

재밌네. 나머지 다 줘봐.

나는 당혹스러워하며 나머지 파일을 모두 보냈다. 며칠이

흐르고, '과연 2년간의 연재 분량은 읽기에 만만치 않겠지'라고 짐작하며 일하고 있는데, 디자인 실장이 불쑥 찾아왔다.

　"저도 좀 보여줘요."
　"네? 뭐요?"
　"소설요. 「마녀들」."
　"아니, 실장님이 어떻게 아세요?"
　"재밌다고 대표님이 동네방네 자랑하고 다니시던데?"
　"네?"

　그 후 회사의 많은 이가 내 소설을 마치 도서관의 책처럼 돌려 읽었다. 나는 커피 타임이나 메신저의 스몰챗에서 소설 얘기가 나올 때마다 민망함을 감추지 못했다. 이후 H사에서 프로젝트B의 참담한 실패를 뒤로한 채 퇴사할 때에도, 대표는 나를 위로하며 "나중에 「마녀들」로 게임 만들 때 꼭 연락해. 내가 투자하게"라는 말을 남겼다.

　H사에서의 아픔을 극복한 지금은 저 에피소드를 떠올릴 때마다 웃음이 나온다. H사 대표나 실장쯤 되는 사람들이 강한 흥미를 느껴서 끝까지 읽을 정도로 내 이야기가 재미있었다는 방증이니 말이다. 특히 그때 '참 편하게 읽히네요'라는 호평을 가장 많이 들었는데, 지금도 내 모든 창작 활동의 근간으로 삼고 있다.

게임 시나리오 기획 능력에 대한 '두려움'이 오리지널 소설 창작이라는 대비(준비)로 이어졌고, 예기치 못한 반응과 반사 효과까지 가져오며 이후 커리어에 큰 영향을 미쳤다. 실제로 마지막에 몸담았던 블록체인 업계는 게임의 세계관과 내러티브를 중요시해서, 비록 T사에서 프로젝트C는 드롭되었지만 개발 당시 내 능력을 높이 평가받아 대단히 좋은 조건에 리드 시나리오 기획자 포지션으로 스카우트될 수 있었다[물론 이후에 디렉터가 되어버려서 결과적으로 취업 사기(?)를 당한 셈이었지만].

　야근을 마치고 돌아와, 지친 몸을 이끌고 어두운 방에서 혼자 끄적이던 소설이 가져온 나비효과. 반복하는 말이지만, 인생 정말 알 수 없다.

부업 `- - - - - - - - - - - - - - - - - - - - - - - - - →`

내가 아내와 결혼한 건 20대 후반이었다. 내 커리어가 지옥 밑바닥에 머물던 시절로, 덕분에 우리의 신혼 생활은 무척 궁핍했다. 당시 내 연봉은 최저임금보다 조금 높았을 뿐, 둘 다 금수저도 아니다 보니 가스비가 밀려서 끊길 위기에 처하거나 자동차세를 제때 못 내서 경고장이 날아오곤 했다.

그런 이유로, 푼돈이나마 더 벌기 위해 회사 업무 외의 부업을 찾아 헤맸다. 게임 시나리오 외주 작업, 게임 기획 강의, 글기고 등, 단돈 몇만 원을 주는 일이라도 가리지 않고 받았다. 하지만 이렇다 할 만한 커리어도 없는 4~5년 차에게 주어지는 일은 고만고만했고, 그마저 계약 마지막 단계에서 틀어지거나 다음 일로 연결되지 않는 경우가 대부분이었다.

당시 3호선 교대역 근처로 출퇴근하던 내가 한번은 모바일 게임 시나리오 외주 면접에 응하기 위해 퇴근하고 마포구 상암동에 간 적이 있다. 당시 상암동 디지털 미디어 시티는 이제 막 들어선 상태라 주변은 춥고 황량하기 그지없었다. 그날따라 옷도 가볍게 입고 저녁도 먹지 못한 탓에 오들오들 떨며 외주 회사를 향해 어두운 길을 걸어간 기억이 생생하다(그 외주 계약은 성사되지 못했다). 실력을 증명하지 못한, 따라서 실력이 없다고 판단되는 업계인에게 고비용의 프로젝트를 맡기려는 곳은 좀처럼 없었다. 그나마 들어오는 일이라곤 정부 산하 기관들이 정부 사업을 위해 간혹 푼돈을 주고 시키는 작업들뿐이었다(외주자를 향한 은근한 질시와 무시는 으레 붙어 오는 덤이었다).

서글픈 점은, 그렇게 번 돈이 가계에는 '언 발에 오줌 눌' 정도도 되지 못했다는 것이다. 고생은 고생대로 하고(그 과정에서 수많은 헛물을 켜고), 돈은 돈대로 거의 벌지 못했다. 그럼에도 이 모든 것이 어떻게든 차곡차곡 쌓여서 내 커리어에 도움이 될 거라고 낙관했다.

하지만 프로젝트A의 성공 후 들어오는 부업을 보며, 그 생각들이 모두 틀렸음을 깨달았다. 신용 점수 자체가 높지 않은 이상 금융 실적을 아무리 부단히 올려도 제1금융권에서 거들떠보지 않듯, 내 부단한 노력들은 모두 하부 리그에서의 부질없는 발버둥에 불과했다.

세월이 흘러 나름대로 커리어와 실력을 갖춘 지금은 그 시절과 아예 비교조차 할 수 없는 퀄리티 높은 부업 제안이 들어온다. 예를 들어 '외국의 한 투자 회사가 한국의 모 게임 회사에 대한 투자를 검토하는 데 쓸 참고 자료를 익명으로 해줄 수 있는가' 같은 해외 컨설팅 업체의 제안들 말이다. 당연히 페이도 굉장히 높다. 아! 이 책을 쓸 기회가 생긴 것도 여기 속한다.

이제는 이런 제안들이 전만큼 간절하지 않다. 그때는 그렇게 발버둥 친들 꿈도 꿀 수 없던 것들이, 이제는 가끔 귀찮다고 여겨질 정도로 알아서 굴러 들어온다(물론 이 책의 집필은 절대 귀찮지 않다!). 사회와 업계의 냉정함에 그저 몸서리가 쳐질 뿐이다.

직장인으로 살아남는다는 것은 생각보다 대단한 일이다. 그저 잘 생존해 있다는 것만으로 스스로를 대견히 여겨도 될 만큼 말이다.

나 ➜	아니, 나 이제 실무로 돌아가도 되지 않아?
PD ➜	이제 슬슬 포기할 때도 되지 않았어?
나 ➜	팀원들, 잘 들으세요. 자신의 커리어에 디렉터 직책을 추가할 수 있는 기회입니다! 쿠데타 환영!
팀원들 ➜	……
나 ➜	아니, 왜 반응이 없어요. 디렉터 직책에 관심 없어요?
팀원A ➜	한 사람의 희생으로 모두가 행복해진다면, 그건 진정으로 값진 희생이 아닐까요?
나 ➜	……

몸값의 순리 ------------------------------→

   동서고금을 막론하고, 사회와 조직을 이루는 구성원들에겐 '몸값의 순리'가 있다. 큰 기여를 한다고 존중받는 이에게는 높은 몸값이 매겨지고, 언제든 대체될 수 있는 인력으로 취급되는 이에게는 낮은 몸값이 매겨진다. 대부분 이 법칙은 거짓말을 하지 않는다.

   현대 직장인에게도 몸값이 있다. 그것은 '연봉'이란 형태로 나타난다. 보통 직장인의 몸값이 오르는 경우는 두 가지다. 하나는 자신이 몸담고 있는 조직에 크게 기여해 인정받았을 때, 또 다른 하나는 좋은 커리어를 가지고 이직할 때다. 그런데 게임 업계의 경우는 조금 이상하다. 그저 막연히 높은 실력을 갖추기만 하면 될 것 같지만, 현실은 딴판이다. 내가 참여해 만든 프로덕트(게임)의 성공과 실패로 많은 부분이 좌우되기 때문이다. 앞에서도 말했듯, 현업에서 흔히 말하는 신작의 히트 확률은 6퍼센트 이하다. 즉 내 능력과 무관하게 6퍼센트라는 희박한 확률을 뚫지 못하면, 아무리 높은 실력을 갖추고 이전까지 탄탄한 커리어를 밟아왔더라도 몸값이 정체되고 좀처럼 올라가지 못한다는 얘기다.

많은 지망생과 주니어가 연봉에 관해 질문한다. 대표적인 것 몇 개만 추려보면 다음과 같다.

- "첫 연봉이 낮으면 이후에도 계속 낮을 수밖에 없나요?"
- "제 능력을 회사에 어필하고 연봉을 극적으로 높일 수 있는 방법은 없을까요?"
- "높은 연봉을 받으려면 실력보다 운이 좋아야 하나요?"

내 답변은 늘 똑같다. '짧게 보면 부조리하고, 길게 보면 순리대로 된다.' 짧게 보면 연봉과 관련된 모든 것이 이상하고 억울하기만 하다. 열정과 건강을 불사르며 프로젝트에 모든 걸 바쳤는데 단지 히트를 못 했다고 연봉 인상률은 개미 눈물만 못하다. 누가 봐도 실력도 낮고 열정도 없어 보이는 다른 이는 그저 히트한 프로젝트에 속했다는 이유 하나만으로 나보다 더 높은 연봉을 받는다. 나는 이직하더라도 실패한 프로젝트 출신이라 연봉이 극적으로 상승하기 힘들고, 다른 이는 성공한 프로젝트 출신이라 연봉을 낮게는 몇백, 높게는 천 이상을 높여 받으며 이직한다. 부조리함을 느낀다. 그렇게 보이는 게 맞다. 나조차 그 시절엔 그랬으니까.

그런데 길게 보면 이야기가 많이 달라진다. 직장인의 몸값은 점진적으로, 즉 직선형 그래프로 오르지 않는다. 중간중간

극적인 모멘텀이 오는 계단형에 가깝다. 계단을 오르기 전, 그러니까 짧게 보고 있자면 시간이 아무리 흘러도 그래프에 변동이 오지 않는다. 정체되어 가로로만 뻗어갈 뿐이다. 하지만 최선을 다해 살다 보면, 주변의 상황에 휩쓸리지 않고 실력을 꾸준히 키우며 커리어가 자신을 쫓아오게끔 하다 보면 이 그래프에 변화가 온다. 형태와 시기만 다를 뿐, 세로로 쭉 뻗어올라가는 순간을 마주한다. 나 역시도 그러했고, 내가 존경하는 업계의 주변 사람들도 마찬가지였다.

마지막으로 몸담았던 게임 회사를 떠난 후, 나는 거기서 좋은 결과를 내지 못하고 중도 이탈했기 때문에 다음 직장에 대한 기대를 반쯤 접고 있었다. 그런데 정신을 차려보니 나는 —내 가족들조차 '네가 그 업계로 갔다고? 어떻게?'라고 물을 정도로— 게임 업계가 아닌 곳(IT 업계는 맞다)으로 이직해 옛날의 내가 꿈에서나 상상하던 처우를 받고 있다. 앞서 말했듯 부업의 퀄리티도 올라갔음은 물론이다.

초조해지지 말자. 맨 처음 말했듯 사람에게 몸값이 책정되는 법칙은 동서고금을 막론하고 똑같다. 주변을 돌아보지 말고 내 낚시에만 집중하자. 그렇게 최선을 다해 발버둥 치다 보면 낚싯대에 잡혀 올라오는 것이 송사리에서 잉어로 변한다. 강 위로 떠내려오는 적의 시신은 덤이다.

당연해 보여도 당연하면 안 되는 것 --------➤

　20~30대 중반까지 게임 업계는 야근과 철야, 주말 근무가 일상이었다(물론 그것들에 동반되는 엄청난 스트레스는 말할 것도 없다). 그 시절 무용담(?)을 하나 얘기해보자. 내가 첫 회사를 박차고 나와 스타트업 회사로 이직한 직후에 있었던 일이다. 프로젝트의 서비스 오픈까지 여섯 시간이 남은 가운데, 내 작업 분량도 꼬박 여섯 시간을 해야 겨우 완료할 수 있는 상황이었다. 문제는, 내가 그 시점에 이미 마흔다섯 시간째 잠도 못 자고 일하고 있었다는 것이다. 아무리 젊음으로 극복한다 하더라도 사람인 이상 내게도 한계가 있었다. 그 뒤로 네 시간쯤 지났을까, 나도 모르게 키보드와 마우스에 손을 얹은 자세 그대로 깜박 졸고 말았다. 다음 순간 눈을 떠 보니 어느새 10분이 지나 있었다. 머릿속이 새하얘진 채로 허겁지겁 모니터를 들여다본 순간, 심장이 내려앉는 듯했다. 졸면서도 작업하고 있었던 것이다. 심지어 내용도 멀쩡했다. 물론 신기한 감상은 잠깐이었고, 가슴을 쓸어내리면서 다음 작업을 진행했다. 론칭 20분을 남기고 작업이 완료되어 서비스는 무사히 오

픈될 수 있었다. 비록 그 프로젝트는 처절할 정도로 시장에서 실패해, 지옥 밑바닥을 마주해야 했지만 말이다.

지금이야 씁쓸하게 웃으면서 그 시절엔 그게 당연했다고 말하지만, 냉정하게 말해서 당연하지 않은 게 당연하다. 앞에서 예시로 든 〈프린세스 메이커〉 게임에 다시 대입해보자. 치솟는 피로와 스트레스 수치는 아랑곳하지 않고 휴식과 바캉스 없이 교육과 아르바이트로만 스케줄을 채우다 보면 딸이 어떻게 될까? 공주는커녕 아버지와 말도 섞지 않는 비뚤어진 성인으로 자라난다. 자, 이젠 이걸 '직장인 메이커' 버전으로 바꿔보자. 20대는 물론이고 30대 중반까지 야근과 철야, 주말 근무를 일삼는다면, 그 직장인은 과연 어떻게 될까? 멀리 갈 것 없다. 바로 내 꼴이 된다.

흔한 우스갯말로, 20대에 몸을 막 굴리면 그 결과가 30대에 제1금융권 이자가 붙어서 찾아오고, 30대에 몸을 막 굴리면 제2금융권 이자가 붙으며, 40대에 막 굴리면 50대에 사채 이자로 붙어서 찾아온다고 한다.

이제부터 나오는 이야기는 바로 이 제1금융권 이자와 제2금융권 이자를 모두 정산하는 내용이다.

콜타르 세례

프로젝트A의 PD로 한창 일하던 어느 날이었다. 메일함을 열자 운영 팀장으로부터 메일이 한 통 와 있었는데, 그다지 중요한 내용은 없는 일상적인 공유 메일이었다. 그저 '네, 그대로 진행 부탁드립니다. 감사합니다'라고 답 메일을 쓰기만 하면 되었다.

그런데 다음 순간 크게 당황했다. 눈앞이 캄캄해지면서 머릿속에 검고 끈적한 콜타르가 가득 흘러내리고 있었기 때문이다. 물론 실제로 그럴 리 없고 단지 느낌뿐이었지만, 뇌 표면을 느릿느릿 흘러내리는 듯한 감각이 온갖 불쾌한 감정들을 내 안에서 끄집어냈다. 그렇게 메일을 쓰려던 자세 그대로 약 15분간 아무것도 못 하다가, 겨우 몸을 가눌 수 있게 되자마자 제일 가까운 정신건강의학과로 달려갔다.

의사는 픽션에서 자주 보던 '왜 이제 오셨습니까 쯧쯧' 대사와 함께 혀를 차며, 두 시간 가까이 내 정신 건강에 대해 진단해주었다.

"자아, 잘 들으세요. 사람은 저마다 스트레스를 담는 그릇을 가지고 있어요. 우리가 흔히 '스트레스를 푼다'라고 하잖아요? 그게 바로 그릇에 찬 스트레스를 비워주는 행동이에요. 물론 사람마다 그릇의 크기는 선천적으로 다 달라요. 그리고 그릇에서 스트레스가 넘쳐서 바닥에 고이면 이제 우울이 된답니다."

"그렇군요. 그럼 저는 어떤 상태죠?"

"그릇 자체에 금이 가서 깨져 있어요. 스트레스를 아예 담지도 못하는 상태예요."

번아웃, 우울증, 불안장애, 공황장애…… 말로만 듣던 병들이 어느새 고스란히 내 안에 깃들어 있었다. 그때부터 길고 지루한 치료가 시작됐다.

치료를 받으면서 알게 된 사실인데, 정신 질환 치료는 마치 연금술과도 비슷하다. 정신의 상처는 눈에 보이는 환부도, 열이나 기침 같은 일반적인 증상도 없다. 그래서 환자 자신이 생각한 것보다 치료가 까다롭고 치료 기간도 육체적인 병보다 훨씬 길다. 게다가 나처럼 정신건강의학과를 방문하는 타이밍이 늦으면 늦을수록 치료에 필요한 기간은 몇 배씩 늘어난다고 한다(이 글을 쓰는 지금까지, 약의 강도는 훨씬 약해졌지만 병원을 다니고 있다).

우울증에 걸린 사람은 입원이 필요할 정도로 중증인 경우를 제외하면 평소에 정말 '멀쩡해' 보인다. 그래서 '쟤가 무슨 우울증이야'란 오해를 쉽게 사는데, 사실 우울'증'이란 이름에서 알 수 있듯 '증상'이 없을 때 멀쩡해 보이는 것뿐이다. 하지만 증상이 나타날 때는 정말로 심각하다(이 같은 정신 질환 중 연예인들을 통해 널리 알려진 또 다른 예가 '공황장애'다). 증상의 형태는 사람마다 다르다. 누구는 머릿속에 뭔가가 흘러내리고, 누구는 심한 어지럼증이 오고, 누구는 눈앞이 캄캄해지고, 누구는 손발이 심하게 떨린다. 공통점이라면, 그 증상이 나타날 때의 느낌은 세상 그 어느 것보다 절망적이고 부정적인 감정을 동반한다는 것이다.

개인적으로 정신 질환 치료는 두 가지가 제일 중요하다고 생각한다. 자신과 맞는 의사를 찾는 것, 그리고 자신과 맞는 약의 조합을 찾는 것이다. 우리는 몸이 아플 때 의사의 말을 전적으로 신뢰한다. 그런데 정신건강의학과의 경우, 의사가 치료 과정(특히 초기)에서 나와 맞지 않는다고 여겨지면 과감히 병원을 바꾸는 것을 고려해야 한다. 실제로 가까운 지인이 담당 의사에게 가스라이팅 수준의 상담 치료를 받는 것을 알게 되어 그의 손을 붙잡고 다른 병원을 찾아간 경험이 있다(그 뒤로 지인의 상태는 빠르게 호전됐다). 두번째인 약 조합의 경우, 앞에서 언급한 연금술 개념과 비슷하다. 정신 질환의 치료는 수백 가지 약들을 어떻게 조합하는지에 따라 효과가 천차만별로 다르다. 그래서 의사는 약물 치료를 하면서 약 복용 후의 느낌과 증상을 계속 체크한다(초기일수록 굉장히 세심하다). 그래서──첫번째 포인트와도 이어지지만──의사가 지어준 약이라고 무조건 신뢰할 게 아니라, 약이 나와 맞지 않는다고 느껴지면 병원을 바로 찾아가서 피드백하고, 나에게 맞는 약 조합을 계속해서 찾아가야 한다.

스트레스를 담는 그릇은 사람마다 모두 다르다. 너비도 다르고, 깊이도 다르다. 심지어 넓고 깊은 그릇을 가져서 스트레스를 많이 담아낼 수 있다 하더라도 그것을 비워내는 법을 모르면 그릇은 깨진다. 각자 성장 과정과 경험에 따라서도 그릇의 강도는 서로 다르다. 그러니 '겨우 이 정도로'라고 생각하지 말고 당장 병원에 가자. '이거 설마 우울증인가?'라고 생각되었다면 우울증이 맞기 때문이다.

팀원 →	팀장님, 오늘 엄청 안 좋아 보이세요.
나 →	응, 공황이 좀 와서요.
팀원 →	공항이요?
나 →	……지금 공항이면 얼마나 좋겠냐……

앉아만 있어도 힘든 나이,
40대가 일한다는 것 ------------------→

　나와 비슷한 연배의 지인은 운동을 정말 열심히 한다. 근력 운동은 기본이고 수영과 자전거, 골프까지 섭렵하며 40대라고 보기 힘든 몸과 체력을 가지고 있다. 그런데 그가 늘 하는 말이 있다.

　"나는 술 마시려고 운동해."

　실제로 그는 모르는 사람이 언뜻 보면 알코올의존증인가 싶을 정도로 술을 많이, 자주 마신다. 그만큼 술을 좋아하고 맛있는 안주를 즐긴다. 20~30대 시절에는 적당히 운동해도 그런 생활 습관을 유지할 수 있었지만, 40대가 되니 건강에 여기저기 적신호가 켜지며 이제는 자신의 음주량을 낮추지 않기 위해 '죽을 만큼' 운동해야 하는 지경에 이르렀다고 한다.

　느닷없이 무슨 소리냐 하겠지만, 나도 그와 비슷한 케이스라고 말하겠다. 다만 '운동하지 않기 위해' 죽을 만큼 애쓰고 있다는 점이 정반대이지만 말이다. 나는 정말 운동을 죽을 만큼 싫어한다. 천만다행인 점은 그나마 내가 술과 담배를 전혀 하지 않는다는 것, 그리고 20대 시절 타의(군대)로 운동한 탓에 40대인 지금도 건강검진을 받으면 근육량과 골밀도가 평균치를 아득히 초과해서 나온다는 것이다. 하지만 앉아만 있어도 체력이 소모되는 중년에 접어든 이상, 여전히 하드코어한—옛날보다 나아졌다고는 해도—IT 업계의 근무를 버티기란 쉽지 않은 법이다(나는 정신 건강까지 좋지 않으니 더욱). 그래서 운동을 하지 않기 위해 내가 택한 방법은 바로 '소식'과 '카페인 끊기'다.

나는 하루에 1.5끼만 먹는다. 저녁 식사만 제대로 하고(물론 과식과 야식은 금지다), 아침 겸 점심을 베이글 같은 간단한 것으로 때운다. 그래서 나와 처음 식사를 같이하는 사람들은 내 덩치와 어울리지 않는 식사량에 매우 놀란다. 식사량을 줄인 결과 속이 매우 편해졌고, 스트레스성 폭식과 체중 증가도 멈췄으며, 간 수치를 포함해 혈액 검사의 각종 지표들도 좋아졌다.

카페인을 끊은 것도 같은 이유에서였다. 사실 술과 담배를 하지 않는 내게 카페인은 유일한 기호품이었다. 실제로 카페인의 각성 효과를 빌리지 않으면 업무 집중도가 현저히 떨어지기도 했다. 하지만 컨디션이 나빠지면 습관적으로 오는 공황장애가 너무 힘들어서, 눈 딱 감고 모든 음료를 디카페인으로 바꿨다(그 전까진 하루 서너 잔은 기본이었고, 야근하려고 저녁에 마시는 경우도 많아서 수면에 지장을 주곤 했다). 처음 한 달은 무기력, 집중력 저하, 상시 졸림 등 심한 금단증상으로 힘들었지만, 이후 우울증 그래프가 굉장히 완만해졌다. 무엇보다 공황 증상이 확실히 줄고 나서는, 지금까지 카페인은 입에 대지도 않고 있다.

여기까지 읽었다면 '오, 이 정도까지 해야 건강한 컨디션을 유지할 수 있나'라는 생각이 들 법도 하지만, 결국 운동하지 않기 때문에 '매일' 죽을 것 같던 컨디션이 노력을 통해 '자주' 죽을 것 같은 정도로 바뀌었을 뿐이다. 그러니 다들 운동하자.

업계에서 살아남기란 나이를 먹을수록 힘듦이 배가되는 일이다. 20대와 30대 시절이 정신적으로 힘들었다면, 40대부터는 그에 더해 육체적으로도 힘들어진다. 그렇다 보니 최선을 다해 살아남기 위해, 회사에서 보내는 시간뿐 아니라 내 개인 시간까지 훨씬 더 많이 할애하게 된다. '직장인 메이커' 게임에 난이도를 매겨보자면 20대는 이지, 30대는 노멀, 40대는 하드인 셈이다. 50대는 아직 겪어보지 않아 모르겠다. 아마도 나이트메어급 아닐까.

나가며

생명 연장은 꿈일 뿐

듣기로는, DNA 분석을 통해 알아낸 인간의 자연 수명이 원래는 38세라고 한다. 현대에 들어 식생활이 개선되고 의학이 발전해 그 두 배 이상을 살게 되었을 뿐이지, 38세 이후로는 서서히 퇴행하고 있다는 얘기다.

나 역시 여기서 한 치도 벗어나지 못했다. 30대 후반이 되자 우울증이 터졌고, 40대에 접어들자 몸 여기저기가 하나둘씩 고장 나면서 먹는 약이 늘고, 다니는 병원이 늘고, 지켜야 하는 생활 습관이 늘어났다.

인터넷에 유행하는 밈 중에 이런 것이 있다. 주인공이 "악마에게 영혼을 팔아서라도 그림을 잘 그리고 싶어!"라고 외치자 악마가 나타난다. 주인공과 영혼 계약을 맺은 악마는 주인공을 책상 앞에 앉혀서 강제로 그림 연습을 시킨다. 건강도 마찬가지다. 지름길도, 공짜도 없다. 그러니 이 책을 읽고 난 다음엔 뭐라도 하자. 운동을 하기 힘들다면 동네 산책이라도 나가자. 그리고 조금이라도 의심된다면 정신건강의학과에 가자. '에이, 설마 이게 병이라고?' 하고 생각했다면 우울증이 맞다.

부디 챙기자. 몸도, 마음도.

'직장인 메이커' 게임은 2회 차가 없다. 그러니 배드 엔딩을 보지 않기 위해 최선을 다해야 하지 않겠는가.

3부

오아시스를 찾아서

어차피 사막에 정해진 길은 없다.
눈앞에 보이는 몇몇 오아시스들 중 지금 내 상황에
제일 맞다고 생각한 곳을 골랐을 뿐이고,
그다음 여정에서는 또 어떻게 될지 아무도 모른다.
여태까지 그래왔던 것처럼 꾸준히,
묵묵히 걸어갈 뿐이다.

업계라는 사막의 신기루

사막을 걷는다. 타는 목을 참아가며 그저 묵묵히 고독하게 이를 악물고 걷는다. 그러다 어느 순간 오아시스가 나타난다. 이제 됐다. 안심하고 걸음을 늦추는 사이, 물을 마실 생각에 온몸에 활력이 돈다. 하지만 가까이 다가가 보니 그것은 그냥 신기루였다. 아뿔싸, 큰일 났다. 다시 걸음을 옮겨야 하지만 실망감에 젖은 발은 천근만근이다. 반대로 진짜 오아시스였다면? 몸도 마음도 충분한 휴식을 얻고, 다음 여정의 추진력을 얻게 된다.

갑자기 웬 사막과 오아시스 얘기냐고 하겠지만, 게임 업계에서 실력과 인맥은 이런 상호 관계를 가지고 있다. 사막을 묵묵히, 꿋꿋이 걷다 보면, 즉 최선을 다해 커리어를 지속해나가며 실력을 키우다 보면 인맥이라는 오아시스가 자연스레 나타난다. 반면 조급함으로 가득 차서 오아시스만을 만날 목적으로 걷다 보면 내가 오아시스라고 착각했던 '친목'이라는 이름의 신기루만 잔뜩 만날 뿐, 실제 오아시스는 만나기 힘들다(운이 없다면 그 과정을 반복하다가 아예 나가떨어지기도 한다).

업계는 잔인하다. 자격 없는 자에게 오아시스는 나타나지 않는다. 행여 자격 없는 자가 잔재주로, 혹은 운이 좋아서 오아시스를 만나더라도 그가 다음 오아시스를 만날 확률은 극히 낮다.

인맥과 친목은 오아시스와 신기루만큼 차이가 크다. 이 사실을 늘 명심해야 한다.

입사하면 인맥 많이 만들어야지(1) --------→

인터넷의 게임 업계 관련 커뮤니티들을 돌아다니다 보면 '신입(또는 주니어)이 인맥을 쌓으려면 어떻게 해야 하나요?'란 질문의 글이 심심치 않게 눈에 띈다. 의도 자체는 이해할 수 있다. 업계에 갓 들어와서 가장 자주 듣는 말이 '인맥'일 테니 말이다('경력자는 인맥 싸움' '인맥으로 이직' '인맥 개발' '인맥 정치' 등). 다만 결론부터 얘기하자면, 인맥을 쌓을 방법은 없다. 인맥이란 실력을 갖춘 뒤에 생겨나기 때문이다.

예전에 이런 질문(혹은 반박)을 받은 적이 있다.

저는 아직 2년 차이지만 친한 인맥이 많이 생겼는데요?

질문자에게는 미안하지만, 그것은 인맥이 아닌 '친목'이다. 시간이 흘러 연차가 쌓인 뒤 내게 실력이 없다는 게 드러나면 백이면 백, 내가 인맥이라 생각했던 친목은 신기루처럼 한순간에 사라져버린다(반대로 상대가 실력 없다고 생각되면 마찬가지로 내 쪽에서 연락하지 않게 된다).

다만 단 하나 예외가 있다. 내 사수, 혹은 내 실력을 평가할 수 있는 위치의 시니어가 나를 '데리고 다니면서 키울 만한 인재'로 생각했을 때다. 그건 분명한 인맥이다. 지금 당장 실력을 증명해 보이지는 않았지만 그래도 내 포텐셜(잠재력)을 인정받은 것이니 말이다.

인맥과 실력은 '닭이 먼저냐, 달걀이 먼저냐' 같은 애매한 개념이 아니다. 실력이 갖춰지고 또 증명되어야 인맥도 생겨난다. 반대로 인맥을 갖추는 데 성공하더라도 이후 내 실력이 떨어질 경우 그것은 또다시 신기루가 되어버린다. 비유하자면 실력은 내 신용 점수에, 인맥은 대출 은행과 대출 상품의 퀄리티에 해당한다고 할 수 있겠다.

연차와 커리어가 쌓이는 동안 내 실력이 증명되었다면 자연스레 나를 찾는 사람이 생겨난다(나도 그런 상대를 찾게 된다). 경력자들, 특히 10년 차 이상의 세계에선 생판 모르는 사람의 이력서를 검토하고 면접을 본 뒤 함께 일하며 맞춰가기보다는, 나와 같이 일해본 사람과 다시 한번 합을 맞추는 것이 훨씬 든든하고 리스크 헤지도 되기 때문이다. 물론 이 '거래'는 서로의 신용 점수가 높으니 이루어지는 것이다. 어느 한쪽이 낮다면? 자연스레 정중한 거절로 이어진다.

이다음 단계에서는 '인맥의 인맥'이 작동하는데, 이른바 '레퍼런스 체크'다. 이력서와 포트폴리오가 아무리 충실하고 좋더라도, 주변 인맥을 동원해 그의 실력에 대해 제대로 알 만한 사람을 어떻게든 찾아낸다. 이는 커뮤니케이션을 포함해 '합'이 잘 맞아야 하는 게임 개발의 성격상, 채용 전에 조금이라도 리스크를 줄이려는 노력이다.

레퍼런스 체크는 신용 점수를 기반으로 한 '보증 서기'와 비슷하다. 내 신용을 걸고 다른 이의 신용 점수(실력)를 보증해주는 셈이니 말이다. 그래서 어지간히 경솔하거나 개인적인 악감정을 가지지 않은 이상(없지는 않다), 경력자들끼리의 레퍼런스 체크는 매우 신중하고 조심스럽다.

반대로, 그렇기 때문에 역설적으로 업계에서 연차가 쌓일수록 알고 지내던 사람이 점점 사라진다. 게임 업계와 IT 업계의 속도를 따라잡지 못해 신용 점수가 떨어진, 즉 실력에 대한 신뢰가 예전만 못하게 된 이들이 인맥에서 하나씩 없어지는 것이다.

가끔 신용 불량자들, 즉 실력에 대한 신뢰나 증명 없이 업계에 남아 있는 사람들을 보며 '인맥'이란 단어를 부정적으로 여기는 주니어나 지망생이 있다. 그 연유는 충분히 이해한다. 다만 이것만은 명심했으면 한다. 신용 불량자는 절대 오래가지 못한다. 지금 당장은 오아시스 바닥에 남은 물을 핥으며 살아남아 있겠지만, 내가 열심히 커리어와 실력을 쌓는 동안 어느새 사라져버린다. 적어도 20년 동안 아등바등 버틴 내가 목격한 바에 따르면, 이 법칙에 예외는 없었다.

잊지 말자. 업계는, 사회는 정말로 잔인하다.

COFFEE

BREAK

PD →	아, 요새 마음이 정말 무겁구먼.	
나 →	요새 살쪄서 몸도 무겁잖아요.	
PD →	아 시끄러워! 넌……! 넌 정말……!	
나 →	정말 뭐요?	
PD →	정말 훌륭한 직원인데 인성만 문제야!	
나 →	……감사합니다?	
PD →	하여간 그놈의 인성만 빼면 훌륭하다니까! 거참!	
나 →	……감사한 건가?	

신용 점수가 높으면
어떻게든 구제되듯이 -------------------------➔

프로젝트A의 라이브 서비스를 7년간 성공적으로 수행한 뒤 나는 야심만만하게 대기업인 H사로 이직했다. 하지만 그곳에서 만든 프로젝트B가 대차게 실패하고, H사를 퇴사해 다시 일할 곳을 찾을 무렵 코로나19 팬데믹이 터지면서 내 구직은 완전히 꼬이고 말았다.

그러는 동안 지인의 소개로 좋은 곳을 추천받은 일이 있다. 전 세계적 인기를 자랑하는 아이돌 소속사가 게임 사업을 론칭하면서 자회사를 차렸는데, 그곳 대표(이하 'K대표')가 새 프로젝트의 PD가 될 사람을 찾는다는 얘기였다. 마침 K대표와 아는 사이였던 지인이 내 약력을 간단히 소개해주자 K대표는 당장 나와의 미팅을 주선해달라며 지인을 오히려 졸랐다고 한다(만들 예정인 게임의 장르가 프로젝트A와 비슷하다는 이유에서였다). 나는 K대표와 메일을 주고받으며 만날 시기까지 구체적으로 조율했다. 이직에 대한 조급함이 해결되자 마음이 놓인 나는 주변 지인 중 혹여 해당 프로젝트로 함께 갈 사람이 없는지 천천히 물색해보았다(K대표도 비슷한 요청을 미리 보내 왔다). 그런데 약속된 미팅 날짜가 며칠 앞으로 다가오는데도 소식이 없었다. 나는 물론이고 소개해준 지인까지 당황했지만, K대표는 아무 언질도 없이 우리 모두에게 연락하지 않았다. 덕분에 백수 생활을 탈출하려던 계획은 다시 한번 꼬였고, 내 자존감은 다시금 바닥을 치게 되었다.

나중에 알게 된 사실은, K대표가 내 레퍼런스 체크를 위해 프로젝트A를 함께 운영한 E사 대표에게 연락을 넣었다는 것이었다. 내 퇴사에 앙심을 품고 있던 E사 대표는 K대표에게 나에 대해 부정적인 평가를 전했고(들은 바로는 허위 사실도 많이 섞여 있었다고 한다), 크게 실망한 K대표는 나와 지인에게까지 연락을 끊었다.

K대표의 행동 자체는 분명 비겁했다. 당시 나는 무척 분노했지만, 이해가 되지 않는 것도 아니다. 새로운 자회사의 신임 대표가 되어 최대한 안정적으로 실적을 내기 위한 토대를 쌓으려는데, PD로 앉히려는 사람에 대한 평가가 좋지 않다면 결정을 철회할 만하다고 생각한다. 다만 그 과정의 치졸함은 지금도 실망스럽다.

나는 신용 심사에서 탈락했다. 물론 심사 과정이 공정하지 않았던 것은 분명하지만, 어쨌든 탈락은 탈락이다. 하지만 인생 새옹지마라고, 이후 나는 훨씬 더 나은 커리어가 되는 T사에 크리에이티브 디렉터(CD) 포지션으로 입사한다. E사는 이때도 T사의 HR 부서에 나에 대해 좋지 않은 평가를 전했다.

그렇지만 T사에서 프로젝트C를 맡은 PD는 제 눈으로 내 실력을 평가하길 원했고, 그렇게 진행한 면접에서 내게 자신의 동료로서 합격점을 주었다(2차 면접은 T사 의장이 직접 진행했고, 거기서도 무난히 합격했다).

꾸준히 쌓고 관리한 신용 점수가 거짓말하지 않듯, 꾸준히 갈고닦은 자신의 실력 역시 거짓말하지 않는다. 당장은 운이 따르지 않아 억울하거나 분한 일이 있을지언정, 결국 모든 것은 제 위치를 찾아간다.

만일 운이 나쁜 게 아니라 정말로 내 실력이 낮아진 거였다면? 간단하다. 제1금융권에 갈 수 없는 신용 점수라면 제2금융권을 찾듯, 나 역시 T사에 입사하는 것은 어림도 없었을 것이다. 그리고 한번 떨어진 신용점수를 다시 올리긴 어렵듯, 커리어의 수준을 다시 끌어올리는 것의 어려움은…… 아니, 지옥 밑바닥에서 기어 올라왔던 이야기로 설명은 이미 충분하다고 생각한다.

(서로) 재평가가 시급 ------------------→

첫 회사에서 나는 능력이 충분치 않기도 했지만 성격 또한 미성숙했다. 굳이 핑계를 대자면 한창 젊고 혈기 왕성해 물불 못 가리던 20대였기 때문이라고 하겠다. 나의 커뮤니케이션 방식은 '원숙함'과는 거리가 멀었고, 특히 계약직 6개월을 거쳐 정직원이 된 만큼 게임 시나리오 기획에 쓸데없이 자신감 넘치는 태도를 보여 많은 팀원들에게 반감을 사곤 했다.

기획 팀에는 W도 있었다. 그는 나와 비슷한 시기에 입사한 이른바 '입사 동기'이자 팀메이트였지만, 우리는 물과 기름처럼 여러 부분에서 맞지 않았다. 가령 나는 게임 개발에서 세계관과 설정이 제일 중요하다고 생각한 반면, 그는 시스템과 규칙, 프로세스를 중요시했다. 우리는 업무 중에 사사건건 충돌하기 일쑤였다. 게임에서 전투에 필요한 검 한 자루를 추가할 때에도 내가 검의 설정에 맞는 이름과 디자인이 필요하다고 주장하면, W는 검의 위력과 기능을 쉽게 알 수 있는 이름과 디자인이 필요하다며 맞섰다. 특히 둘 다 굽힐 줄 모르는 성격에 20대의 혈기까지 더해지면서, 우리는 시니어들의 골칫거리가 되었다. 프로젝트가 드롭되면서 서로 다른 회사로 향할 무렵에 나는 그를 '게임을 오직 로직 덩어리로만 여기는 기계 인간'으로, 그는 나를 '시스템은 하나도 모르는 나이브한 낭만주의자'로 단정 지어버렸다.

냉정히 돌이켜보면 W의 말이 상당 부분 맞았다. 당시 나는 '설정 제일주의자'여서, 공들여 짠 설정을 게임 안에서 실제로 구현해야 하는 시스템 문제에 매우 소홀했다. 아니, 정확히 말하면 그에 대한 지식이 절대적으로 부족했다. 무지에서 비롯한 용기였다고나 할까. 지금의 나로서는 그저 미안해질 뿐인 낯 뜨거운 이야기다.

그 후 시간이 흘렀다. 나는 지옥 밑바닥에 떨어졌지만 어떻게든 기어 올라와서 히트작 커리어를 만들어냈고, W 역시 업계의 거친 풍파를 정면으로 버텨가며 중견기업들의 굵직한 프로젝트에 참여했다.

그러다 보니 묘한 일이 벌어졌다. 한때 사사건건 싸우고 대립하던 우리가 각자의 자리에서 실력과 커리어를 쌓는 사이, 앙금이 저절로 사라지고 없었다. 멋지게 말하면 서로를 은연중에 인정하게 된 것이라고, 잔인하게 말하면 우리와 비슷한 시기에 커리어를 시작해 업계에서 15년 넘게 악착같이 버텨 살아남은 지인이 우리 말고는 없다시피 하다는 동병상련의 처지에 마음이 누그러진 것이라고 하겠다. 실제로 첫 회사의 팀메이트 중에 연락이 닿는 이들은 그와 나를 포함해 서넛밖에 남지 않았다.

어느새 우리는 1년에 한두 번 만나는 사이가 되어 있었다. 서로의 회사 근처에 잠깐 들를 일이 있으면 짬을 내어 커피를 홀짝이기도 하고, 아예 날을 잡아 저녁 식사를 하기도 했다. 첫 직장에 다니던 그때 우리에게 "10년 지나면 업계에서 너희만 살아남아 둘이서 밥 먹고 커피 마신다!"라고 말해주면 사기꾼이라며 쌍욕을 하겠지 하고 낄낄거리면서 말이다. 우리는 공과 사의 경계가 모호해질 정도로 친밀해져서, 내 첫 책 『게임기획자의 일』에 W의 인터뷰를 싣기도 했다(물론 W는 흔쾌히 수락했다).

W는 Z사에서도 함께하며 같은 프로젝트에 참여했다. 우리는 특기가 완전히 다르고 하나의 주제에 대한 시각도 반대될 때가 많지만, 서로의 생각과 의견을 존중하며 커뮤니케이션과 조율을 망설이지 않게 되었다. 혈기와 패기만으로 다투던 두 20대 청년이 게임 업계라는 사막을 혹독하게 겪으며 40대가 된 후 서로의 오아시스가 된 것이다.

재미있는 점이라면, 이제 우리가 공사 구분 없이 친하게 지낸다 해도 첫 회사에서의 얘기만큼은 서로 흑역사로 여겨 좀처럼 꺼내지 않는다는 것이다. 우리의 커리어를 아는 팀원이 가끔 물어봐도, 우리는 애매한 미소만을 흘린다. 뭐, 좋은 게 좋은 거 아닌가. 과거는 과거일 뿐이라는 말도 있고 말이다.

꽃을 찾는 벌처럼 --------------------------➤

내 인맥은 대부분 T사에서 프로젝트C를 할 때와 Z사에서 형성되었다. 다만 그 외에 '기타'로 분류되는 소수와는 대개 프로젝트A를 하던 시절에 맺어졌다. 당시 내가 이뤄낸 커리어 자체는 좋았을지 몰라도 리더로서 어땠냐고 하면 '글쎄……'라고 생각한다. 내 잠재력이 제대로 발휘된 것은 E사에서 프로젝트A를 하던 시절도, 그 후 H사에서의 시절도 아니라 T사에 다닐 때부터였으니 말이다. 그래서 '기타'에 속하는 이들 가운데 개발자는 없고, 모두 사업PM이나 마케터다. 다만 딱 한 명 예외가 있다.

S는 전문 개발PM(프로젝트 매니저, 팀 내 업무 흐름과 커뮤니케이션을 주도하는 역할이다)으로, 내가 프로젝트A의 라이브 서비스를 하던 중반기에 입사했다. S가 커리어를 시작한 그때나 지금이나 그녀는 한국 최고의 개발PM으로 손꼽힐 것이다. 그녀와 나는 업무의 합이 처음부터 잘 맞았다(라기보단 S의 능력이 워낙 뛰어났다). 주말 새벽에도, 게임 서버에 문제가 생겼다는 소식이 팀 채팅 방에 올라오면 내가 담당 개발자

들에게 지시를 전하는 사이 S는 알아서 외부 부서인 사업 팀과 운영 팀에 연락해 서비스가 재개되기까지의 시간을 말도 못 하게 단축시켰다. 말 그대로 척하면 착인 S의 지원 덕분에, 여러모로 서툰 초짜 PD였던 내가 중심과 균형을 잘 잡을 수 있었고 프로젝트A 라이브 서비스의 롱런으로 이어졌다.

이후에도 나는 S와 마치 한 몸처럼 움직였다. 두 번 이직하는 동안 나는 변함없이 개발PM으로 그녀를 스카우트해 내내 함께 일했다. 우리의 호흡은 갈수록 좋아져서, 나중에는 서로 눈짓만으로도 무슨 생각을 하는지 알 수 있었다.

그러나 T사에서 프로젝트C가 드롭되었을 때 우리는 프로젝트A 이후 처음으로 다른 길을 택했다. 아니, 정확히 말해서 나는 함께하길 원했지만 S가 거절했다. 속마음을 구태여 물어보진 않았지만, "이번에는 다른 곳에서 일해보고 싶어요"라고 말한 것으로 보아 아마도 프로젝트A 이후 나와 함께한 두 프로젝트의 연이은 실패를 겪으면서 커리어 차원의 갈등이 있었으리라 짐작한다. 게다가 프로젝트C의 드롭 이후 S가 제안받은 보직은 T사의 글로벌 신규 프로젝트 리드PM으로, 워낙 좋은 기회이기도 했다. 그래서 우리는 함께한 지 7년 만에 각자의 길로 갈라섰다. 나는 T사를 퇴사한 뒤 새 직장에 입사했다.

다만 결론부터 얘기하자면, S는 Z사에서 또다시 함께했다. 그녀가 합류한 T사의 신규 프로젝트는 말 그대로 모든 것이 엉망인 상태였다. 한국과 외국 지사들로 흩어져 있는 개발 팀들 간의 호흡도 엉망이었고, 리더진은 서로 책임을 미루기 일 쑤였다. S는 개발 팀들 간의 시차에 쫓겨 몸도 마음도 상해가 면서 어떻게든 프로젝트를 진행시켜보려 했지만 혼자서는 역 부족이었다. 그 과정을 멀리서 매의 눈으로 예의 주시하던 나 는, 그녀가 한계에 달했을 시점에 내가 옮겨 온 새 회사로의 이 직을 권했다. 돌아온 답변은 예상대로 "제발 저 좀 구해주세 요"였다.

지금도 가끔 그녀를 놀리고 싶은 날엔 그때 얘기를 꺼내곤 한다. 그럴 때마다 "사람이 한 번은 실수할 수도 있죠!"라는 대 답이 돌아온다.

신용 점수가 높으면 어떻게든 구제되듯, 서로의 실력을 굳 건히 신뢰하고 필요로 한다면 꽃과 벌처럼 이끌리게 된다. 친 분이야 당연히 작용할 수 있지만 어디까지나 서로의 신용 점 수, 즉 실력을 담보로 한다. 친하다는 이유로 신용 점수가 낮은 이를 무작정 내 프로젝트에 끌어들였다가는 나도 함께 파멸할 수 있기 때문이다. Z사에서 나와 S는 여느 때처럼 함께 웃으며 일했다. 하지만 내 실력이 어느 날 갑자기 뚝 떨어져버린다면, 마치 사촌 남매 같은 지금의 친분과는 무관하게 그녀와 내 커 리어가 다시 겹칠 일은 없을 것이다. 건조하다면 건조하고 냉 정하다면 냉정하지만 그게 현실이고 현업의 세계다. 꽃이 시 들면 벌은 그 꽃을 더 이상 찾지 않는다.

COFFEE

BREAK

나 →	이번에 회사 사람들과 휴가 내서 다 같이 여행 가기로 했어.
친구1 →	개인 여행을? 출장이 아니라?
나 →	응. 왜?
친구1 →	괜찮은 거 맞아?
나 →	괜찮고말고. 왜?
친구1 →	아니, 너 말고 그분들.
나 →	……
친구2 →	그러게. 그분들은 예의상 '네, 언제 여행 한번 같이 가요'라고 한 건데 네가 눈치 없이 덥석 받은 거 아냐?
나 →	……
친구3 →	물주로 착각한 걸까?

친구1 →	그럴 가능성도 있겠다. 근데 물주는 아니잖아?	
나 →	원래 오래 알고 지내던 사람들이야! 친하다고!	
친구1 →	아, 그거네.	
친구2 →	뭐?	
친구1 →	고려장?	
친구2 →	아, 이해된다.	
친구3 →	다 같이 저 인간을 버리고 오는 거구나. 그럴 수 있지.	
나 →	……	

입사하면 인맥 많이 만들어야지(2) ----------→

 인맥은 만들고 싶다고 만들어지는 게 아니라 실력을 갖춰야 생겨나는 것이다. 그렇다면 여기서는 조금 더 구체적으로 들어가보려고 한다.

 첫 직장을 구한 신입 취업 예정자들이 많이 하는 질문은 이것이다. '첫 회사에 출근해서 제일 신경 써야 하는 게 뭘까요?' 답은 여러 가지일 수 있다. 조직 분위기 살피기, 부드러운 첫인상 주기, 원활한 업무 환경 세팅, 빠른 업무 파악 등, 모두 가능하다. 다만 나는 그보다 중요한 것으로 '원활한 커뮤니케이션 능력 어필'을 꼽는다.

 게임 회사 개발 팀은 기획이나 아트, 프로그래밍 등 부서를 막론하고 커뮤니케이션을 활발하게 한다. 한국은 물론 전 세계적으로 게임 산업의 규모가 커지면서 게임 하나를 개발하는 데 필요한 비용과 시간도 비약적으로 늘어나자, 원활한 게임 개발이란 곧 시간을 허비하지 않기 위한 싸움이 되었기 때문이다. 시간을 허비하지 않으려면 리더를 포함한 조직 구성원 모두의 생각이 일치하는 것이 중요하다. '이 산이 아닌가 벼'는 용납되지 않는다. 그 결과, 게임 개발에 커뮤니케이션이 중요해졌다.

이전에는 한국 게임 업계에 '개발PM'이란 포지션이 흔치 않았다. 내가 프로젝트A에서 S를 개발PM으로 뽑을 때도 '그 사람이 대체 왜 필요한데?'라는 일부 윗선의 불만이 있었다. 하지만 이제 웬만한 중견기업들도 '될성부른' 프로젝트라면 개발PM을 반드시 둔다. 초대형 프로젝트에는 개발PM이 아예 별도 조직으로 분리되어 있는 경우도 많다. 이 개발PM의 메인 미션이 바로 커뮤니케이션을 원활하게 만들어주는 일이다.

게임을 개발하는 동안 개발PM은 기획과 아트, 프로그래밍 등 내부 부서 간에, 또 개발 조직과 다른 조직(사업, QA, 마케팅 등) 간에, 조직 내부의 리더들 간에, 심지어 한 팀 안에서 업무가 막힘없이 잘 진행되고 있는지 체크한다. 이때 어느 노드가 연결되지 않은 것을 발견하면 개발PM이 직접 나서서 커뮤니케이션을 하거나, 아니면 실무 당사자들이 커뮤니케이션을 하게끔 유도한다. 프로젝트가 엉뚱한 산을 올라가는 일을 막기 위해서다. 한번 올라간 산을 내려와 목표를 재설정해 다시 올라가는 데에는 많은 시간과 노력이 필요하며, 이는 개발 과정에서 사실상 손실 비용이 발생한 것이나 다름없다.

이미 중견기업들은 공채 신입 사원을 대상으로 하는 입사교육에서 커뮤니케이션의 중요성을 매우 강조하고 있다. 이전에는 회사 측이 신입 사원들에게 전달하기만 하는 원사이드

방식으로 교육을 진행했지만 이제는 조별 과제나 조별 대항전, 집단 토의 등 참여형 교육을 적극 도입했다. 이로써 스펙과 스킬만을 갈고닦아오는 데 주력한 신입 사원들에게 커뮤니케이션 능력의 중요성을 인지시킨다. 특히 최근의 교육 트렌드는 '잘 듣는 능력'이다. 자기 의견이나 주장은 곧잘 이야기하지만 상대의 말을 듣는 데는 서투른 것이, 각 회사의 HR 부서장들이 흔히 말하는 '요즘 젊은 사원들'의 특징이기 때문이다.

그래서 내 대답이 '커뮤니케이션 능력 어필'인 것이다. 어차피 신입 사원에게 기대하는 능력은 크지 않다(비단 게임 업계뿐 아니라 모든 업계가 다 그렇다). 아닌 말로 '사고나 치지 말고' 차근차근 잘 성장하기를 바라지, 뛰어난 퍼포먼스로 우리 조직에 큰 힘이 되기를 원하지 않는다(신입 사원에게 그런 기대를 거는 조직이나 회사가 있다면 오히려 그쪽이 비정상이다). 능력은 좀 부족하더라도 커뮤니케이션을 원활하게 한다면 '함께 일하는 데 편하겠군, 문제없겠군' 하는 안도감을 어필할 수 있다. 이렇게 어필하려고 노력하다 보면 결국 내 몸에 배어, 내 실력을 높여준다.

'가식을 꾸준히 떨다 보니 예의가 되어 있더라'라는 말이 있다. 커뮤니케이션 능력 역시 마찬가지다. 게임 개발에서 커뮤니케이션은 아무리 강조해도 지나치지 않다. 신입 사원 시절부터 갈고닦으면, 어느새 내가 그토록 원한 인맥도 자연스레 생길 것이다.

놀이터의 사회성 - ➡

나는 놀이터에서 최초로 사회성을 배웠다. 놀이터에서 늘 열리는 모래 장난, '무궁화 꽃이 피었습니다' '탈출' 등의 놀이에 끼려면 나름의 사회생활이 필요했던 것이다. 거기엔 커뮤니케이션이 굉장히 중요했다. 물론 덩치가 크다거나, 부모님이 용돈을 많이 준다거나 하는 이점이 있으면 예외였지만 말이다. 아무튼 모래성을 아무리 잘 쌓아도, 몸이 아무리 날렵해도 '함께' 즐겁게 놀 수 없다면 그 아이는 당연히 기피 대상이 되기 마련이었다.

조금 억지 비유 같지만, 게임을 만드는 일도 놀이터에서 노는 일과 크게 다르지 않다고 생각한다. 무엇보다 '게임 회사'란 말에는 '게임'도 있지만 '회사'란 말이 엄연히 존재한다. 즉 게임이란 제품을 만들기 위해서는 회사란 조직 안에서 모두 예외 없이 집단으로 어우러져야 한다는 뜻이다(1인 프로젝트와 같은 인디 게임들은 예외다). 그 안에서 각 구성원들에게 요구되는 가장 중요한 요소가 커뮤니케이션이다.

흔히 하는 오해가, 실력과 커뮤니케이션을 별개라고 생각하는 것이다. 하지만 나를 포함해 업계에 오래 몸담고 있는 사람들은 커뮤니케이션 능력도 실력에 포함된다는 말에 크게 동의한다. '스킬 좋은 사람 뽑기는 어렵지만, 말 잘 통하는 사람 뽑기는 더 어렵다'라는 말이 있을 정도다.

게임 업계 지망생들이 현업인들에게 가장 많이 하는 질문 중 하나가, '학력이 중요한가요? 대학을 꼭 나와야 할까요?'이다. 보통 이 질문에는 여러 유형의 답변이 달린다. '포트폴리오만 좋으면 대졸 여부는 상관없습니다' '저도 고졸이에요. 대학보다는 학원이나 과외가 더 도움이 됩니다'부터, '그래도 대학 졸업장은 있고 없고에서 차이가 많이 납니다' '대학에서 기본기를 배우고 온 사람과 그러지 않은 사람은 업계에서 확실히 차이가 납니다'까지 천차만별이다.

내 답변은 위의 답변들과 조금 차이가 있다. '사회성'을 강조하기 때문이다. 대학을 다니다 보면 여러 집단 작업을 하게 된다. 작게는 조별 과제나 세미나를 통해, 크게는 동아리 활동이나 졸업 작품 작업 등을 통해 다른 이들과 커뮤니케이션하면서 사회성이 무엇인지를 간접적으로나마 배우게 되는데, 나는 이 경험을 높이 사는 편이다. 물론 대학을 다닌 적 없는 고졸 신입 지원자 또한 분야 가리지 않고 채용해왔는데, 채용된 이들에게는 예외 없이 공모전 등에 지원하려고 사회 동아리에 들어가 아마추어 게임 개발을 하는 등 '집단 작업 경험'이 있었다.

게임을 만든다 하면 혼자 앉아서 그림을 그리거나 모델링을 하거나, 문서를 쓰거나 코딩을 하는 장면을 흔히 떠올리지만, 실제로는 그만큼이나 회의실과 메신저에서 대화를 나누는 시간이 많다(커피를 마시거나 담배를 피우면서 하는 스몰챗도 포함된다). 이런 커뮤니케이션들을 되풀이하면서 그 사람의 실력도 함께 인지·평가되고, 이후의 신용 점수에도 큰 영향을 끼치면서 '함께 일하고 싶은 사람'이 될 수 있는지 없는지를 결정한다.

회사에서 함께 일하고 싶은 사람은 놀이터에서 함께 놀고 싶은 아이와 본질적으로 그 궤를 같이한다. 놀이터에서의 사회성이 업계에서도 똑같이 적용된다고 말한 이유다.

업무 스킬 vs. 커뮤니케이션 - - - - - - - - - - - - →

신입 사원의 커뮤니케이션에 대해 이야기했으니 이번에는 시니어 사원의 커뮤니케이션에 대해 이야기해보자. 이미 짐작되겠지만, 신입 사원에게도 이렇게 중요할 정도이니 시니어 사원에게는 두말할 필요도 없다. 특히 경력이 10년 차 이상이라면 커뮤니케이션 능력이 그의 실력을 판단하는 데 필수다. 예를 들어,

A: 업무 스킬 100 + 커뮤니케이션 스킬 90

B: 업무 스킬 90 + 커뮤니케이션 스킬 100

인 두 입사 후보자가 있다고 할 때, 후자인 B를 선호하는 경우가 훨씬 많다(심지어 B의 업무 스킬이 80이더라도 B를 선택하는 경우가 종종 있다). 예전이었다면 분명 A가 뽑힐 확률이 더 높았을 것이다. 하지만 시간 비용에 대한 리스크 관리가 중요해진 지금 시류에서는 B가 더 우수한 인재이다. 개인이 맡은 업무 결과물의 퀄리티 자체는 A의 것이 더 높을 수 있겠지만,

전체 프로세스를 단축시키고 사고 확률을 줄이는 B의 베네핏이 월등하다는 것을 업계가 경험으로 알고 있다.

여기서 유의해야 할 점은, '커뮤니케이션이 좋다'라는 정의를 단순히 '말하기 편한 상대' 혹은 '대화가 잘 통하는 상대'로 생각하면 안 된다는 것이다. 여기 M이라는 시니어 사원이 있다고 가정해보겠다. M은 평소 다른 동료들에게 '커뮤니케이션 능력이 정말 좋아요'라는 말을 종종 듣는다. 이 말속에 담긴 M의 능력들을 나열해보면(말하고 듣는 능력 모두 이미 충분히 갖췄다는 전제하에),

- 현재 대화의 목적을 빨리 파악하는 능력
- 말속에 담긴 상대의 의도를 빨리 파악하는 능력
- 해결 방안을 도출하기 위해 대화 내내 협조적이고 열린 스탠스
- 자신이 할 수 있는 범위 내에서 해결책을 떠올리는 능력
- 해결책을 도출하기 위해 이 대화에 없는 다른 이를 떠올리는 능력

등이 있다. M의 이런 능력들은 결국 커뮤니케이션 비용을 절감해 전체 프로세스를 단축하고, 잘못된 산으로 올라가 실패할 확률을 줄이는 데 기여한다. 그러니 M의 실무 스킬, 즉 개인에게 할당된 업무를 처리하는 능력이 동일 연차의 다른 직원에

비해 그다지 뛰어나지 않다고 하더라도, 당분간 M과 함께 일하고 싶어 하는 동료와 리더가 늘어나면 늘어났지 절대 줄어들지 않을 것이다.

여담으로, 게임 업계를 포함한 IT 업계의 트렌드는 정말 빨리 바뀐다. 그런데 이 트렌드는 '신기술 개발'이나 '새로운 플랫폼의 등장'처럼 쉽게 알아챌 수 있는 것들뿐 아니라 개인의 실력을 평가하는 기준 같은 세세한 것들에도 적용된다. '호랑이에게 물려 가도 정신만 차리면 산다'라는 속담은 이 업계에 어울리지 않는다. 호랑이가 언제 어디서 나타날지 항상 경계를 늦추지 않고 신경을 곤두세우고 있어야 겨우 목숨을 부지할 수 있다. 일단 물려 가고 나면 아무리 정신 차린다 해도 다시 돌아오기가 너무도 어렵다.

리그 강등 ---------------------------->

친구의 소개로 첫 회사에 계약직으로 얼떨결에 입사한 첫 날, PD가 갓 입사한 나를 개발 팀에 소개하는 시간이었다(당시 개발 팀 숫자가 적어서 한 사람 한 사람 자리에서 모두 인사했다). 한 시니어 기획자가 슥 일어나더니 내게 손을 내밀며 말했다.

"어, 네가 ××의 친구라는 애구나? 국문과라며?

잘 부탁한다, 야."

삐딱한 자세, 쳐든 턱, 거만하게 내민 오른손, 그리고 무엇보다 초면에 던진 반말. 이 글의 주인공인 DW와의 악연은 강렬하게 시작했다.

DW는 정말 (나쁜 의미에서) 그림으로 그려놓은 듯한 꼰대였다. 아무리 사적으로 친하다 해도 자신보다 나이 어린 PD에게 공적인 자리에서마저 반말을 사용했고, 자신의 실책엔 언제나 이유가 있었으며 타인의 공적에는 언제나 자신의 몫이 있었다. 그리고 물론, 매우 무능했다.

첫 회사에서 프로젝트가 한창 진행되던 시기, 전 세계를 뒤흔든(20년이 지난 지금까지도 플레이되고 있는) 명작 〈P〉가 출시됐다. 당시 우리가 만들던 프로젝트의 장르가 〈P〉와 동일했기 때문에 일을 위해서라도 나를 비롯한 팀 모두가 더 열심히 플레이했다. 문제가 있다면, DW는 근무 시간 내내 〈P〉를 플레이했다는 것이다. 장장 2주 넘게 회사에서 〈P〉만 플레이하는 DW를 보다 못한 PD가 "형! 이제 그만 일 좀 해!"라고 말할 정도였지만, 그는 천연덕스럽게 "레퍼런스 조사 중이야. 좀 더 해봐야 돼"라고 대답할 뿐이었다.

그 뒤로도 DW의 활약은 어마어마했다. 그의 무능에 견디다 못한 PD가 게임 기획 업무와 전혀 상관없는, 개발 팀 후드 티를 맞추라거나 워크숍 장소를 알아보라는 잡일을 주었지만 후드 티 업무는 업체의 횡령에 당해 회사 법무 팀이 나서야 했고 워크숍 장소는 실제로 가 보니 터무니없이 바가지를 씌운 싸구려 숙소였다.

나는 퇴사한 후에도 이전 동료들을 통해 DW의 소식을 간간이 전해 들었다. 그는 다른 회사에 가서도 여전한 무용담(?)을 자랑하고 있었다. 다만 그 시기엔 내 커리어가 지옥 밑바닥으로 떨어져서 다른 사람을 신경 쓸 여유가 없었다. 그의 무용담도 한 귀로 듣고 한 귀로 흘릴 뿐이었다.

그런데 인생 참 알 수 없다는 말처럼, 나는 DW와 숙명처럼 다시 마주치게 되었다. 프로젝트A의 PD를 맡아 한창 좋은 분위기로 라이브 서비스를 이끌 때였다. 회사의 다른 개발 팀에 새로운 팀원이 입사했는데, 놀랍게도 그가 DW였다. 그 프로젝트의 PD와 사적으로도 친분이 있었던 터라, 남의 집안일에 참견하는 꼴일지라도 그 프로젝트와 회사를 위해 그에게 DW의 역량에 대해 나름대로 최대한 건조하게 개인감정을 배제하고 전달했다. PD는 굉장히 당혹스러워했다. 경력과 포트폴리오만 봐서는 뽑을 만한 인재였다는 것이다(참고로 DW는 면접에서 말재주가 뛰어나다. 내가 그의 유일한 재주라고 인정할 정도다). 이미 뽑은 사람을 이제 와서 별 이유 없이 내보낼 수는 없는 노릇이니, 나 역시 그의 입장을 이해하며 더 이상 신경 쓰지 않았다.

결국 예상대로 그는 회사와 프로젝트에 어마어마한 민폐를 끼치며 퇴사했다. 이에 대해서는, 법적인 문제로까지 번질 정도였다고만 서술하겠다.

이후 DW의 이름이 내게 들려오는 일은 없었다. 신용 점수가 너무 떨어져버린 것이다. 물론 내가 모르는 스타트업이나 작은 회사에서 일하고 있을지도 모른다. 하지만 그간 중견기업들을 거쳐온 그의 화려한 커리어를 감안하면, 지금은 예전의 나처럼 지옥 밑바닥을 헤매고 있는 것이나 다름없다.

사회는 이토록 냉정하다. 프로 축구에 비유하자면 리그 강등이 너무나도 쉽게 이루어지고, 리그 승격은 엄청나게 어렵다. 이렇게 잘난 듯이 글을 쓰고 있는 나조차 언제 그것을 현실로 맞닥뜨리게 될지 모른다. 그렇기에 오늘도 그저 힘껏 발버둥 치며 순간순간 최선을 다할 뿐이다.

COFFEE

BREAK

제정신으로 앉아 있기 힘들만큼 컨디션이 너무 나빠서

사무실을 돌아다니며,

● 아직 지난달에 머물러 있는 탁상 달력 넘겨주기

● 떨어진 티슈 새걸로 바꿔주기

● 다 마신 일회용 커피 잔 대신 버려주기

까지 하다가 '디렉터님 제발 좀' 하고 떠밀려 자리로 돌아왔다.

아니 난 그냥……

여러분 열심히 일하는 데 도움이 좀 되어보려고……

너, 내 동료가 돼라 ---------------------->

Z사는 블록체인 업계에서 유명하다고는 하지만 엄연히 스타트업 회사다. 다만 옛날 지옥 밑바닥 시절과 아예 다른 점이라면, 자금 확보에 걱정이 없고 프로젝트의 비전이 확실하기 때문에 조직 구성원의 실력과 커리어가 잘 갖춰져 있다는 것이다. 그럼에도 스타트업은 스타트업이라, 프로젝트가 히트하기 전까지 개발 외에 드는 비용을 아껴야 했을 터다. 그러니 중견기업들이 급여 외에 제공하는 다양한 복지 제도를 기대하기는 어려웠다.

Z사로 이직한 후, 내 인맥에 속한 이들을 그곳으로 부를 때 큰 기대를 하지 않았다. 프로젝트가 성공할 경우에 받기로 약속된 인센티브의 규모는 컸지만, 어디까지나 론칭과 성공을 달성한 다음의 이야기였다. 달성하지 못한다면 그저 허공에 떠도는 말, 종이 위의 의미 없는 글자로만 남을 뿐이었다.

하지만 그들 다수가 내 부름에 응해주었다. 각자 밝힌 이유는 구체적이고 다양했다. '현재 몸담고 있는 프로젝트에 비전이 보이지 않는다' '성공 시 약속된 인센티브가 매우 매력적이다' '블록체인 게임을 만드는 것에 평소에도 관심이 있었다' '지금 조직에서 무조건 탈출하고 싶다' 등 여러 가지였는데, 이들을 관통하는 주제가 한 가지 있었다.

최영근이 부른 프로젝트라면 같이해보고 싶다.

꽤, 아니 상당히 감동받았다. 내가 함께하고 싶어서 부르기는 했지만 결과적으로 개발 팀의 20퍼센트 가까이 될 만큼(전체가 작은 규모도 아니다!) 와줄 줄은 몰랐다. 재미있는 점은, 내가 이렇게 너무 많은 사람들을 단기간에 불러 모으다 보니 '혹시 자기 사람들로 다 채워서 불순한 시도를 하려는 건 아닐까?'라는 오해를 받기도 했다는 것이다. 누가 봐도 그럴 의도가 없어 보여서 금방 풀렸지만 말이다.

그렇게 우리는 서로의 오아시스가 되어 함께 일했다. 물론 나이브하게 생각해선 안 된다는 것은 잘 알았다. 오히려 내가 버림받지 않기 위해 앞으로도 끊임없이 노력해야 할 것이었다. 함께 걸어가는 이 사막 끝에 또 다른 사막이 아니라, 도원향이 기다리고 있었으면 하는 소망이 간절했다. 비록 또다시 찾아온 번아웃으로 Z사에서는 도중하차하고 말았지만, 우리의 성공을 바라는 마음은 여전하다.

사람 사세요, 싱싱한 사람 있습니다

비단 게임 업계뿐 아니라 IT 업계 전반이 다 그러하지만, 이 업계는 정말로 사무실과 컴퓨터만 있으면 돌아간다. 설비나 물류 같은 기초 투자가 전혀 필요 없다. 코로나19 팬데믹 이후에는 온라인 재택근무가 활성화되면서, 사무실이 굳이 필요한가에 대한 논의마저 대두되기도 했다.

그만큼 이 업계에서 제일 중요한 것은 사람, 인재다. '사람 장사'란 말인데, 그렇다면 사람 장사가 이루어지는 '사람 시장'에서 나를 잘 팔기 위해 필요한 것은 무엇일까? 특히 신입이건 주니어건 시니어건, 모두의 스펙이 상향 평준화되는 지금?

내가 내린 답은 사회성이다. 사적으로 친해져 회사에서 서로 형-언니-동생을 하라는 의미가 아니다. 사회성이 높다는 말은 곧 높은 커뮤니케이션 능력을 갖췄으며, 이는 곧 게임 개발에서 높은 비용 절감을 해낼 수 있다는 뜻을 갖는다. 사람 시장에서도 높은 인기를 구가하리라 자연스럽게 예상할 수 있다.

잘 팔리는 사람이 되어서 이 사막에서 살아남아보자. 비록 잘 팔릴 조건이 갈수록 까다로워지고는 있지만 말이다.

4부

위치 선정

자리가 사람을 찾아갈 수는 있다.
하지만 기회를 성공으로 만드는 것은 그 사람이
그만한 실력과 역량을 갖췄는지에 달려 있다.
물론, 나도 예외는 아니다.

자리가 사람을 만들지 않는다

여러 자기 계발서나 커리어 관리 실용서의 메시지 중에서 개인적으로 전혀 동의할 수 없는 것이 있다. '자리가 사람을 만든다'란 말이다. 과장을 조금 보태 '한국 남자는 군대를 가야 사람 된다'란 말만큼이나 잘못된 인식을 심어주는 말이라 생각한다.

나는 운 좋게 10년 차도 안 되어 제법 큰 프로젝트의 PD를 맡았고, 그 후로도 디렉터로서 나름의 성공과 실패를 고루 경험했다. 하지만 내가 디렉터 혹은 관리자로서 눈을 뜨고 제대로 일한 것은 겨우 5년 전부터였다. PD나 CD로 오래 있었지만 그 자리는 나를 그에 걸맞은 사람으로 만들어주지 않았다. 잇따른 실패에서 얻은 피드백들을 뒤늦게라도 깨닫고 스스로 성장하고 나서야, 맞는 옷을 입은 지금의 모습이 가까스로 될 수 있었다.

책임을 지는 높은 자리에 갑작스레 앉게 되었는데 문제없이 잘하는 사람은 원래 그만한 능력을 가지고 지녔던 것이지, 없었던 능력이 별안간 생겨난 것이 아니다.

실력은 픽션 속 초능력이 아니다. 극히 일부인 천재가 아니고서야 우리는 예외 없이 그저 최선을 다해 커리어를 소화하며 꾸준히, 묵묵히 자신 안에 실력을 쌓아나갈 수밖에 없다. 그러면 어느 순간 활짝 피어나며 내 커리어에 날개를 달아줄 것이다. 슬로 스타터라 하기에도 민망할 정도로 그 시점이 늦게 올 수도 있지만 말이다.

좋은 의미로든 나쁜 의미로든 자리가 사람을 찾아갈 수는 있다. 하지만 기회를 성공으로 만드는 것은 그 사람이 그만한 실력과 역량을 갖췄는지에 달려 있다. 그러지 못했다면? 멀리 갈 것 없지 않은가. 프로젝트 자체는 운이 좋아 성공했지만 정작 제대로 된 인맥을 만들기는커녕 오히려 적을 만들었던 프로젝트A의 나, 그리고 모든 점에서 역량 미달이었기 때문에 처참하게 실패했던 프로젝트B의 내가 좋은 예시이니 말이다. 아니, 나쁜 예시인가?

프로젝트A는 긴 시간 동안 성공적으로 라이브 서비스를 이어갔다. 하지만 나는 점점 지쳐갔다. 언제 터질지 모르는 긴급 이슈들 때문에 주말에도 온 신경을 곤두세우며 지내야 했고, 매출이 떨어지면 떨어지는 대로, 오르면 오르는 대로 경영진의 압박을 받았다. 그렇게 게임의 퀄리티를 유지하는 동시에 30명 넘는 조직을 관리하는 것도 내 역량으로는 무척 벅찼다.

신작을 만들고 싶었다. 톱니바퀴처럼 정해진 일정에 맞춰 마치 끝없는 과제처럼 업데이트해나가는 라이브 서비스는 이쯤에서 그만하고, 모두 열띠게 토론하며 서로의 아이디어와 스킬로 맞붙는 신작 프로젝트를 하고 싶었다. 더구나 커리어 관리 차원에서도 좀더 큰 회사의 프로젝트를 맡을 필요가 있었다. 프로젝트A는 여전히 잘되고 있었고 내 커리어 한 줄로 찬란하게 빛났지만, 어디까지나 중소기업의 PD 커리어였다. 내 이력서에는 '중견'이라 불리는 큰 회사들과 연관된 커리어가 아직 없었다. 새파란 신입 때 들어간 회사가 중견기업이긴 했지만 이제 나는 시니어, 그것도 팀장이나 디렉터로서의 커리어가 필요했다.

프로젝트A가 라이브 서비스 6주년이라는 대업을 세우자, 이제 정말로 떠날 때라 생각하게 되었다. 다만 내 상황이나 동기와는 달리, '정말 중견기업의 프로젝트가 날 필요로 할까?'란 막연한 두려움이 있었다.

일단 저지르고 보자는 생각에 구인/구직 사이트에 이력서를 오픈했다. 그러자 이틀도 지나지 않아 처음 보는 번호로 문자가 왔다. 게임 업계뿐 아니라 한국 전체에서 유명한 중견기업 H사의 인사 팀장이 보낸 문자였다.

'저희 회사로 꼭 모시고 싶습니다. 가까운 시일 내에 식사라도 하실 수 있을까요?'

아마 다른 업계도 비슷할 테지만, 이런 형태의 콘택트라면 서류 심사와 1차 면접은 이미 프리 패스한 거나 다름없었다. 나는 당장 연차를 내고 H사 인사 팀장과 만났다. 근사한 파스타집에서의 미팅은 순조로웠다. H사가 개발 중이던 프로젝트B는 기존 PD가 번아웃을 호소하며 퇴사를 신청해 개발이 좌초된 상태였다. 인사 팀장이 보여준 프로젝트의 중간 결과물은 나름 내 취향과 맞았고, PD 포지션과 상향된 연봉을 포함한 입사 조건도 만족스러웠다. 나는 그 자리에서 입사 의향을 밝히고 며칠 뒤 경영진 면접(2차 면접)을 보았다. 면접을 통해 알게 된 점은, 비록 중소기업에서 달성했다고는 해도, 막연히 두려웠던 것과는 달리 내 커리어가 큰 회사 입장에서 충분히 매력을 느낄 만했다는 사실이었다.

나는 한껏 고무되었다. 그토록 원하던 이름난 중견기업에서, 더구나 작지 않은 프로젝트의 PD 직책을 맡게 된 나 자신이 자랑스러웠다. 그래서 이직할 때 휴식기도 없이, 이전 회사를 퇴사하자마자 의욕 충만한 상태로 H사에 출근했다. 이때까지는 뭐든 해낼 수 있을 것 같은 느낌으로 가득 차 있었다.

하지만 결론부터 말하면, H사에서 나는 실패했다. 2년이 채 안 되어 프로젝트B는 드롭되었다. 구성원들은 다른 프로젝트로 재배치되었고, 나는 몸도 마음도 너덜너덜해진 채 퇴사해야 했다.

H사로 이직할 당시 나는 순진하다 할 만큼 무지했다. 그 정도로 큰 회사의 중요 프로젝트에서 기존 PD가 번아웃으로 퇴사한 것, 새로운 PD가 의지할 사람 하나 없이 달랑 윗선으로 떨어지는 것이 무얼 의미하는지 말이다. 무엇보다 업무 문화의 차이가 가져올 리스크를 몰랐다는 것이 가장 큰 패착이었다.

어찌 보면 당연한 수순이었다. 첫째, 나는 H사로 이직하기 전까지 50명 규모의 신작 개발 조직을 운영해본 적이 없었다. 이전 회사에서 30명 남짓한 조직을 운영했다지만, 어디까지나 라이브 서비스 개발의 경우였다. 애당초 프로젝트A는 소규모 스타트업 회사 시절에 개발한 프로덕트였기 때문에 제대로 된 프로세스나 정식 협업은 말 그대로 사치였다. 즉 조직장으로서 내가 알던 운영법은 신작 개발이 아닌 라이브 서비스 개발, 그것도 중소기업식 방법이었다. H사같이 큰 회사에서 직원 50여 명을 지휘하기에는 경험과 능력이 아직 턱없이 부족했다.

둘째, 업무 문화에 대한 몰이해였다. 한국의 내로라하는 게임 업계 중견기업들에는 저마다의 개발 문화가 있다. 모 회사는 특정 IP에 집중하기 때문에 관련 프로젝트가 아니면 론칭이 힘들고, 반대로 관련 프로젝트라면 회사 전체의 '참견'과 '숟가락질'을 견뎌내야 한다. 다른 모 회사는 게임 개발에 필요한 특정 직군만 우대하는 탓에 다른 직군은 상대적인 푸대접을 감수해야 한다. 그렇다면 H사의 경우에는, 제왕적 개발 진행과 톱다운식 수직적 구조로 특징지을 수 있다. 회사의 최고 책임자가 신작 개발 과정에 세세히 개입하며, 그의 오더에 따라 개발 조직이 일사불란하게 움직였다. 나름 수평적 개발 문화를 지향하던 내게 H사의 개발 문화는 마치 군대를 떠올리게 했다.

프로젝트B의 구성원들은 나를 낯설어했다. 그들은 내가 카리스마 있는 사령관처럼 확실하고 단호한 지시를 내려주며 프로젝트를 이끌어주길 바랐다. 하지만 나는 기존의 개발 방향을 존중하면서 최대한 여럿의 의견을 반영하려 했는데, 당연하게도 그 방법은 전혀 효과를 내지 못했다. 그런 악순환이 몇 번이나 되풀이되자 몇몇 리더들은 나를 얕잡아 보기 시작했다. 그때는 무척 억울했지만, 지금은 그럴 만했다고 생각한다.

그들 입장에서는 확실하게 결정해주는 것 하나 없이, 내가 오기 전의 개발 방향을 어중간하게 유지한 채 그저 여럿의 생각을 들어보고 반영하고 싶다며 시간만 어영부영 대책 없이 보내고 있었으니까. 그들에게 나는 해병대 한가운데에 떨어진 상근 예비역 같은 존재였다.

한 사람의 불만을 달래고 나면 다른 사람이 불만을 제기했다. 어떻게든 조직력을 회복하고 싶었지만 뜻대로 되는 것은 아무것도 없었다. 회사의 업무 문화는 물론, 규모까지 생각했어야 했다. 스타트업 회사나 중소기업은 높은 퀄리티의 인재를 뽑기가 상대적으로 힘들다. 그래서 결원이 발생하면 프로젝트가 직접적인 타격을 받기 때문에, 돌출되는 팀원이 있더라도 어떻게든 안고 가는 문화가 강하다. 신입 시절 첫 회사를 제외하면 그 후 10여 년을 그렇게 일해왔던 탓에, H사에서도 같은 방식으로 조직을 수습하려 했다. 하지만 오히려 역효과를 초래했다. 나는 '부하가 무슨 짓을 하더라도 내쫓지 않는 무른 리더'로 낙인찍혔다. 조직 내 잡음은 갈수록 더 심해졌다. 돌이켜보면 돌출 행동을 보이는 인원을 가차 없이 내쳐야 했고, 책임자로서 다소간의 잡음은 찍어 누르며 어떻게든 프로젝트를 진행시켜야 했다. 불행히도 당시 나는 그렇게 하는 법을 몰랐다. 이전까지 일해오던 방식이 전부인 줄만 알았고(그 방식으로 성공적인 커리어를 거두어왔기에 더더욱), 점점 더 늪으로 빠져갔다.

프로젝트B는 결국 드롭되었다. 팀원들은 회사 내, 혹은 그룹 내 다른 계열사의 프로젝트로 제각기 전배를 갔지만, 철저하게 실패한 리더인 나를 원하는 곳은 없었다. 나는 회사가 내미는 합의안에 사인하고 쓸쓸히 퇴사해야 했다. 그렇게 내 이력서에는 실패한 커리어 한 줄이 추가됐다.

실패에서 배워야 한다고 다들 말하지만, 나는 반공황 상태였다. 냉정한 자기 객관화와 분석은커녕, 자책과 패배감으로 괴로워했다. 왜 실패했는지를 모르고 있었으니 당연하다면 당연했다.

그래도 그 실패에서 많은 것을 배웠다(완전히 깨닫는 데에는 시간이 더 필요했다). 덕분에 다음 회사에서는 같은 실패를 반복하지 않을 수 있었다. H사에서의 실패가 열심히 한 실패였기에 가능한 일이었다. 프로젝트B의 실패는 분명 내 책임이었지만, 나는 내가 아는 것을 총동원해 최선을 다했다. 만일 프로젝트의 상황에 일찌감치 절망하고 그저 시간에 몸을 맡긴 채 세월아 네월아 하면서 자리보전만 했다면, 이후에도 스텝 업은커녕 오히려 도태되었을 것이다.

열심히만 살면 실패하더라도 배우는 바가 생기고, 배움을 활용할 기회가 생긴다. 상근 예비역으로 해병대에 잘못 입대했어도 말이다. 비록 나 자신의 부족함 탓에 해병대에서 쫓겨났지만, 아이러니하게도 그로 인해 반면교사의 교훈을 얻을 수 있었으니까.

COFFEE

BREAK

나 →	PD님, 16시에 ○○○ 회의 있습니다.
PD →	알겠습니다. 근데 내 캘린더에 없는데?
나 →	그래서 구두로 말씀드리잖습까.
PD →	아, 일정은 메일로 좀 보내줘요.
나 →	알겠습니다. 앞으로는 꼭 일정 메일을……
PD →	오오!
나 →	……안 보내고 PD님 없이 회의를 하는 쪽으로.
PD →	결론이 잘못됐어.

상근 예비역의 반전 - - - - - - - - - - - - - - - - - →

　퇴사하기로 H사와 합의한 후, 휴식을 위해 몇 달 쉬었다. 몸도 마음도 엉망진창이었다. 다시 취업 전선에 나갈 정도로 겨우 회복되었을 무렵, 불운하게도 코로나19 팬데믹이 터졌다. 회사들은 신규 채용을 줄이고 기존 프로젝트의 증원도 극도로 제한했다. 그러다 보니 2~3개월만 쉬려던 계획이 틀어졌다.

　앞서 말한 K대표와의 에피소드 외에도 웃지 못할 해프닝이 있다. 나는 H사에서의 실패로 자존감이 낮아져, 재취업에 난항을 겪는 게 마치 내 탓인 양 느끼고 있었다. 누군가에게 가스라이팅을 당하기라도 한 듯 능력에 대한 확신이 없다 보니, 때마침 연락을 준 스타트업 회사가 마치 나를 유일하게 인정해주는 구원자처럼 느껴졌다. 그래서 프로젝트의 상황이 어떤지, 회사에 비전이 있는지, 나와 잘 맞을 것인지 여부를 전혀 따져보지 않은 채 입사 제안을 덜컥 수락해버렸다. 출근한 지 사흘도 되지 않아 잘못된 결정이었음을 느낀 나는, 고용 계약서를 쓰기 전 상호 합의하에 입사를 취소했다. 그만큼 나는 혼란스러웠다.

그렇게 초조한 시간을 보내던 어느 날 전화 한 통을 받았다. H사만큼 탄탄한 중견기업인 T사의 프로젝트C에서 나를 CD 포지션으로 데려오길 원한다는 전화였다. 겨우 찾아온 좋은 기회를 잡기 위해 사력을 다해 면접을 준비해, T사에 입사할 수 있었다.

앞에도 썼지만, 당시 내 레퍼런스 체크 결과는 매우 부정적이었다. 그런데도 T사는 채용을 결정했다. H사야 내가 철저하게 실패한 곳이니 그럴 수 있다 쳐도, 내 최고의 커리어였던 프로젝트A의 E사 대표마저 T사의 레퍼런스 체크에 나쁘게 응한 것은 선뜻 이해되지 않았다. 하지만 프로젝트C의 PD는 레퍼런스 체크 결과보다는 자기 눈으로 직접 보고 내린 판단에 더욱 무게를 두는 스타일이었다. PD는 면접을 본 뒤에 자신의 통찰에 따라 날 채용했다.

중견기업의, 그것도 작지 않은 규모의 프로젝트에서 다시 기회를 잡게 된 나는 심기일전을 다짐했다. 그래서 일단 프로젝트의 상태부터 냉정히 파악했다. 상황은 최악에 가까웠다. 이전 PD가 돌출 행동을 한 데다 번아웃으로 일을 방기하면서 프로젝트는 좌초되어 있었고, 기존 AD가 새로 PD를 맡아서 조직을 다시 정비했을 땐 조직원이 절반으로 줄어 있었다. 오랫동안 함께했던 동료들이 자의 또는 타의로 떠나는 과정을 모두 지켜본 나머지 팀원들의 '멘털'은 바닥을 치고 있었으며, 동기부여는 제로나 다름없었다. 그나마 희망이 있다면 회사가

이 프로젝트를 드롭하지 않고, 절반으로 줄어든 현재 인원을 기준으로 1년 반의 시한을 주었으며, AD 출신의 새 PD가 게임 디자인(기획) 및 개발 프로세스에 관한 권한을 CD인 내게 주었다는 점이었다.

비록 시한부 프로젝트인 데다 빈말로도 좋다고 할 수 없는 상황이었지만, 다시 한번 중견기업의 프로젝트에서 일할 수 있게 된 것에 감사하며 출근 첫날부터 숨 쉴 틈 없이 움직였다. 그리고 곧 재미있는 점을 깨달았다. T사의 업무 문화는 H사와 상극, 정반대였다. H사의 업무 문화가 마치 해병대 같았다면 T사의 업무 문화는 병역 특례 업체 같았다. 좋게 말하면 개개인의 창의성을 존중하고 자유분방한 분위기, 나쁘게 말하면 방만하고 일정이 제대로 관리되지 않는 상황이었다.

여기서부터 의도치 않게 나의 포텐셜이 터지기 시작했다. H사에 입사할 때의 나는 아무 준비도 되지 않은 채로 해병대 안에 갑작스레 떨어진 상근 예비역이었다. 그런데 참담한 실패에서 호된 교훈을 얻고 입사한 T사는 마침 내가 활약하기 딱 좋은 상황이었다. 나는 내가 원래 가지고 있던 노하우와 H사에서 새로 얻은 경험을 총동원했다. 프로젝트C는 1년 반의 시한부, 그리고 PD가 만들고자 하는 바가 너무나 명확한 게임이었기 때문에 먼저 조직과 프로세스를 정비했다. 남은 1년 반을 마일스톤 단위로 쪼개고, PD가 목표로 세운 빌드를 해당 마일스톤에 맞춘 단기 목표와 장기 목표로 설정했다. 30여 명의 인원이 톱니바퀴처럼 돌아갈 수 있게, 그리고 한번 정해진 사항들을 관련 리더와 실무자가 모두 인지할 수 있게 했고, 체계적인 컨펌과 실무 리뷰를 의무화했다. 다행스럽게도, 기존 팀원들은 (물론 속으로는 여러 생각을 했겠지만) 이런 시도에 잘 동참해주었다. 사실 기존 팀원들 입장에서는 난데없이 하늘에서 뚝 떨어진 CD가 처음 들어보는 여러 제도를 도입하고 있으니 어느 정도 반발이나 거부감을 드러내리라 예상했지만, 오히려 '그래, 이참에 한번 제대로 해보자'란 자세로 적극적으로 따라주어 고마웠다(몇 년이 지난 지금까지도 감사한 마음이다).

처음 몇 달의 시행착오를 거친 뒤, 프로젝트C는 놀라운 결과물을 만들어내기 시작했다. 중간 빌드로 치른 사내 테스트에서 높은 평점(역대 최고 평점이었다고 한다)을 거두면서, '30여 명이 단기간에 만든 결과라고?' 같은 기분 좋은 반응이 사내에 퍼져나갔다. 팀은 점점 단합되어갔다. 적극적인 공유와 소통으로 생각을 일치시키면서 '커뮤니케이션 코스트'가 눈에 띄게 낮아졌다. 그러자 개발에 가속이 붙었다.

이 시기에 나는 처음으로 '디렉터는 이렇게 일하는구나'를 깨닫게 되었다. 이미 15년 차였으니 슬로 스타터도 이런 슬로 스타터가 없었다. 내 최고, 최장의 성공적 커리어였던 프로젝트A는 물론, 비록 실패했지만 PD로 일해본 프로젝트B에서도 느끼지 못한 '팀 결속' '높은 조직력'의 시너지 효과를 오히려 PD보다 하나 낮은 직책인 CD로 일하면서 처음 체감했다.

회사와 약속한 1년 반의 개발 끝에, 프로젝트C는 아쉽게 드롭되었다. 그래도 실무자들이 나나 PD를 포함한 리더들보다는 회사를 원망하는 것을 보며, 프로젝트B 때 같은 자책감은 들지 않았다. 오히려 이후 프로젝트 드롭에 대한 포스트모텀에서 팀원들 각자 프로젝트 기간 동안 좋았던 점을 꼽을 때, 여럿이 '이상적인 톱다운 프로세스를 경험했다'를 말한 것을 보며 이루 말할 수 없는 성취감이 들었다.

'제대로 된 개발자 인맥'도 이 프로젝트를 하면서 처음으로 생겼다. 이전까지 나의 인맥은 개발 쪽보다는 사업 부서나 관리직 중심으로 만들어져 있었다. 즉 '나를 믿고 따라오는 개발자'라고 꼽을 만한 사람이 없었다. E사에서 H사로, 다시 H사에서 T사로 이직할 때 부름에 응해 나를 따라온 사람은 한두 명에 불과했다. 하지만 T사에서 Z사로 이직할 때는 이전에 비할 바 없이 많은 이가 날 따라와주었다. 이들과는 지금도 좋은 관계를 유지하며 지내고 있다.

지금은 '운칠기삼'이라는 말이 괜히 있는 게 아니지 싶다. 프로젝트A에서 B를 거쳐 C까지의 여정 중, 천운이 따라준 순간이 많았다. 만일 H사에서 열심히 실패하지 않았더라면, 어차피 안 될 거라며 단념한 채로 지내느라 아무 교훈도 얻지 못하고 자기반성도 못 했다면, T사에서 내 잠재력을 터뜨리는 일은 없었을 것이다. 아니, 나 스스로에게 그런 능력이 있는지 평생 모르고 살았을 가능성이 크다. 그랬다면 T사 이후의 커리어는 내리막밖에 없었을 것이다. 가상의 커리어를 상상해보면, 그저 공포스러울 뿐이다.

　게임 디렉터로서 진정한 나는 그렇게 태어나게 되었다. 슬로 스타팅이긴 했지만, 이제껏 15년을 숨 쉴 틈 없이 열심히 달렸기에 그나마 가능한 일이었다. 조금이라도 기회주의적으로 굴거나 나태했다면 과연 지금의 모습은 어땠을까? 아니, 상상하지 않는 편이 좋겠다.

해석과 대응 ----------------------------→

직장 생활은 피곤하다. 앞에서는 잘난 듯이 커뮤니케이션을 잘해야 한다고 역설했지만, 말이 쉽지 스트레스 받는 일이다. 게임 업계는 다른 업계에 비해 수평적 조직 문화를 추구하는 것이 사실이지만, 이 또한 나름대로의 고충이 있다. '게임 회사'도 어쨌든 '회사'이기 때문에 사내 정치나 파벌, 뒷담화, 험담, 눈치 보기 등이 엄연히 있다. 이는 몇십 명 규모의 스타트업 회사에서도 예외가 아니다.

그런 현실 속에서 오랫동안 관리직을 맡아오면서, 그리고 정신건강의학과를 다니면서 몸에 밴 습관은 바로 상대방을 '해석하지 않는 것'이다. 나는 내 의사를 제대로 전달하고 상대방의 말을 문자 그대로 받아들여 일한다. 상대의 말이나 행동을 해석하고 곱씹을수록 일도 나도 금이 가는 것을, 여러 경험을 통해 뼈저리게 알고 있기 때문이다. 물론 사람들과 어울려 지내야 하는 사회생활이니 당연히 '대응'은 필요하다. 다만 그 시점에서 필요한 만큼만 대응하고, 미리 앞서 나가지 않으며 내 에너지를 소모하지 않는다는 얘기다.

그렇다 보니 '쟤는 호구야'라는 오해를 종종 받곤 한다. 여러 경로로 신호를 보냈는데도 눈치채지 못하는 것 같으니, 일만 열심히 하고 도발이나 유혹, 음모에 반응하지 않는 단순한 이로 여겨지는 것이다. 하지만 나는 이제 일이 진행되게 하는 것만으로도 이미 충분히 피곤하다. 정신건강의학과의 약을 더 늘리기도 싫고, 지치기도 싫다. 몸과 마음의 기초 체력 모두 20~30대 시절과는 비할 바가 못 되기도 하고 말이다.

그래서 그들 중 많은 수가 먼저 떨어져 나간다. 내게서든, 프로젝트에서든, 회사에서든. 그래도 내 곁에 끝까지 남아 있으면서 나처럼 일만을 우선시하는 사람들이 나의 소중한 인맥이 된다. 그중 일부는 사적인 관계로도 이어지고, 나를 버틸 수 있게 하는 원동력이 된다.

난 여전히 결점투성이이지만, 일하면서 꼭 지키는 철칙이
네 가지 있다.

  a. 컨펌은 빨리, 피드백은 분명하게
  b. 결정을 미루지 않음
  c. 잘못된 산을 올랐다면 내 책임임을 분명히 하고
     빠르게 다음 산을 결정
  d. 수평적인 공유와 소통을 적극적으로 할 수 있는 환경 조성

a. 컨펌은 빨리, 피드백은 분명하게

팀원이 컨펌을 기다리는 동안 시간은 낭비된다. 이미 다음
일을 맡겼더라도 팀원 역시 사람인 이상 리더에게서 나올 다
양한 피드백을 예상하며 계속 그쪽에 신경을 쓰기 때문에 다
음 일에 100퍼센트 몰두하기 힘들다. 내 입장에서야 컨펌을
하고 나면 끝이지만, 컨펌이 나야 다음 일을 할 수 있는 다른
부서와 실무자는 이전 단계에서 컨펌에 소요되는 시간이 길어

질수록 기다리는 시간도 길어지고, 결국 전체 프로세스의 시간 비용을 잡아먹게 된다.

컨펌 과정에서는 피드백을 두루뭉술하지 않고 분명하게 전달해야 한다. 여기서 주의할 점은, 분명함의 기준이 내가 아니라 상대, 즉 팀원이라는 것이다. 내가 분명하게 전달하는 것은 큰 의미가 없다. 상대가 분명하게 이해하지 못했다면, 피드백을 반영해도 그다음 컨펌에서 어차피 또다시 문제가 발생하기 때문이다. 팀원이 분명하게 이해할 때까지 커뮤니케이션을 해야 한다.

b. 결정을 미루지 않음

시간이 곧 비용인 작금의 시대에서 리더가 결정을 미루는 것은 최악 중 최악의 행동이다. 급하게 해결할 일이 있지 않은 이상, 무조건 지금 당장 결정을 시작해야 한다. 내 시간보다 실무자들의 시간을 프로젝트 전체에서 훨씬 더 중요하게 여겨야 한다. 이는 직책이나 연봉이 높은 것과는 완전히 별개의 문제다.

리더는 결정을 내려주는 사람이지, 결정까지의 과정을 거치는 사람이 아니다. 그건 팀원(실무자)들이 할 일이다. 즉 리더인 당신이 지금 하는 일은 프로젝트 전체에서 정말 급한 일이 아니다('중요하지 않다'라는 얘기가 절대 아니다). 하지만 당신이 결정을 내려줘야 하는 것들은 급한 일이 맞다.

결정을 미루지 말자. 그것은 프로젝트 전체의 발목을 붙잡고, 실무자들의 마음에 의혹과 불신의 싹을 틔우는 일이다.

c. 잘못된 산을 올랐다면 내 책임임을 분명히 하고 빠르게 다음 산을 결정

프로젝트가 좌초하거나 정체되었을 때 리더가 '내 책임이다'라고 분명히 말하는 것과, '자 뭐 이렇게 됐으니 다들 힘내서 다음 일로 진행하자'식으로 두루뭉술하게 넘기는 것 사이에는 어마어마한 차이가 있다. 전자는 나에 대한 비난으로 끝나지만, 후자는 나뿐만 아니라 프로젝트와 회사에 대한 불만으로 번진다.

리더는 결정을 내리기 위해, 또 책임지기 위해 존재한다. 이 두 가지만 성실히 이행하면 비록 프로젝트가 잠시 좌초하게 되더라도 실무자들의 퍼포먼스를 큰 하락 없이 유지할 수 있다. 고작 비난받는 것이 두렵다고 자신의 책임을 분명히 하지 않으면, 프로젝트는 잠시가 아니라 영영 좌초할 수도 있다. 당연히 이런 이는 리더를 맡으면 안 된다.

d. 수평적인 공유와 소통을 적극적으로 할 수 있는 환경 조성

먼저 분명히 할 점은, 리더 스스로 수평적인 공유와 소통을 하라는 얘기가 아니라는 것이다. 그럴 수 있는 '환경'을 조성하라는 뜻이다. 리더가 공유와 소통을 하기 위해 직접 나서면 이미 수평을 가장한 톱다운식 커뮤니케이션이 되어버린다. 리더는 공유와 소통이 잘될 수 있는 프로세스를 만들거나 정비하고, 이후에는 프로세스 관리에 충실하면 된다. 그리고 비상시라고 판단되는 경우를 제외하면 그들의 커뮤니케이션에 함부로 끼어들면 안 된다. 내가 적극적으로 나서는 순간 그 커뮤니케이션은 거기서 멈춰버리기 때문이다. 내가 나설 타이밍은 그들이 나를 필요로 할 때만이다(대부분 b와 같이 결정이 필요한 경우다).

경험상 a부터 d까지만 잘 지키면 나보다 훨씬 유능한 실무자들이 일을 잘할 수 있게, 즉 능력을 발휘할 수 있게 조직이 굴러가더라. 그래서 나는 리더로서의 내 모습을 목장 지기에 비유하곤 한다. 내가 할 일은 그저 목장의 울타리를 경계에 맞춰 튼튼하게 잘 치고, 외부에서 침입해 오지 않는지 감시하고, 목장 안의 동물들이 밖으로 나가지 않나 계속 주시하는 것뿐이다.

신뢰할 수 있는 실무자가 많은가? 신나서 업무를 리드하고 싶은가? 하지만 당신은 다시 목장 울타리 곁의 의자에 앉아야 한다. 울타리를 치는 것에서 당신의 1차 업무는 모두 끝났다. 당신이 실무에서 더욱 발을 빼고 앞의 abcd에만 집중하면 놀랍게도 조직력은 더 올라간다.

프로젝트A는 분명 성공적인 커리어였지만, 그때 나는 이 네

가지를 하나도 제대로 하지 못했다. 무조건 내가 앞장서서 모든 커뮤니케이션과 실무를 이끌어야 한다면서 나선 결과, 실무자들은 어느 정도 커리어를 쌓고 나면 떠나갔다(그러면 빈 자리를 새로운 사람들로 채우기를 반복했다). 처음에는 라이브 서비스 개발 특유의 지루함 때문인 줄 알았지만, 사실은 리더인 내가 당신의 업무 능력을 신뢰한다는 신호를 실무자들에게 전혀 주지 못했던 것이었다.

Z사에서는 저 abcd에 더더욱 집중했다. Z사의 실무자들은 갓 입사한 신입 직원을 제외하면 모두 나보다 업무 능력이 뛰어나서, 그 어느 때보다 훨씬 더 실무에서 발을 뺀 채 목장지기 역할에만 집중했다. 프로젝트는 아주 잘 굴러갔다. 내가 빠진 지금도 잘 굴러간다는 점이 조금은 서글프기도 하지만 말이다.

COFFEE

BREAK

[어제]

PD → 전 내일 건강검진.

BD(비즈니스 디렉터) → 전 내일 오전 반차.

나 → 아싸, 내일은 놀아야지.

팀원 → 음……

나 → 왜요?

팀원 → 뭔가 후회할 말씀을 하신 것 같은 기분이……

나 → 에이 설마ㅋㅋㅋ

[오늘]

연락 → 의장님의 급한 프리젠테이션 호출이 있습니다.

PD → 난 오늘 건강검진.

BD → 난 오늘 오전 반차.

나 → (노트북을 챙기며) 이런 젠장!

교통경찰 - →

'목장지기의 철칙'과도 비슷한 얘기지만, 좋은 리더는—특별히 신입이나 주니어를 교육할 목적이 아니라면—'교통 가이드'가 아니라 '교통경찰'이 되어야 한다. 차량과도 같은 수많은 업무가 교차로로 밀고 들어오는 상황에서 교통 가이드로서 모든 차량을 하나하나 안내하려 들면 다른 차량들은 마냥 차례를 기다리며 빼곡하게 정체되고, 한번 정체되기 시작하면 순식간에 그 뒤로 어마어마한 대기열이 생겨나면서 운전자들이 불만을 품게 된다. 교통경찰(리더)은 이런 현상을 막기 위해 존재한다. 차량들의 흐름을 예의 주시하면서 교차로의 진입과 진출을 돕고 역주행이나 신호 위반을 막는 것에 주력하다 보면 업무는 어느덧 물 흐르듯 흘러간다.

이 비유는 보통 3~4개월 단위로 돌아가는 (프로젝트의) 마일스톤에도 적용할 수 있는데, 바로 '명절 연휴'다. 명절 연휴가 시작되면 귀성/역귀성 차량들이 도로로 쏟아져 나오고, 명절 연휴가 끝나가면 귀경/역귀경 차량들로 북새통을 이룬다. 교통경찰의 업무도 연휴의 초반과 후반에 몰리는데, 프로젝트의 진행도 이와 같다. 잘 돌아가는 프로젝트는 리더가 마일스톤 초반과 후반에 가장 바쁘다. 초반에는 이번 마일스톤에서 달성해야 하는 목표와 방향성을 설정하고, 후반에는 실무자들의 결과물이 조립되는 과정을 정교하게 조율해야 하기 때문이다. 이때 교통 가이드의 역할에 치우치게 된다면? 두말할 필요 없이 업무가 정체 상황을 맞이하면서, 프로젝트는 몇 시간 동안 1미터도 나가지 못하는 도로처럼 될 것이다. 흔히 회사에서 "이 이슈들은 교통정리가 필요합니다"와 같은 말을 많이 쓴다. 이 말에 내포된 의미는 당연히 '누군가가 교통경찰이 되어야 한다'이다. 이 일을 잘하는 유능한 교통경찰을 많이 보유한 프로젝트일수록 진척이 빠르다.

갓 리더가 되었거나, 연차에 비해 너무 빨리 리더를 맡게 되었을 때 '누구에게나 친절한 교통 가이드' 혹은 반대로 '차량 한 대 한 대를 통제하려 드는 단속반'이 되려는 경우가 많다. 상위 리더는 이 부분을 꼭 인지하고 있어야 한다. 상위 리더 역시 리더들의 교통경찰이라는 역할이 있다.

나는 프로젝트A에서는 단속반에, 프로젝트B에서는 교통 가이드에 가까웠다. 리더의 역할을 잘못 인식한 대가는 혹독했다. 부디 이 글을 읽는 여러분은 — 이미 리더이건, 앞으로 리더가 될 예정이건 간에 — 나와 같은 오류를 저지르지 않았으면 하는 바람이다.

좋은 실력자 ≠ 좋은 리더 --------------→

　지금까지 리더에 대한 이야기를 많이 했으니 이번에는 이야기의 관점을 조금 바꿔서, '상위 리더'에 초점을 맞춰보겠다.

　그동안 관찰한, (나를 포함해) 상위 리더들이 저지르는 흔한 실수 중 하나는 '저 사람은 좋은 실력자니까 리더로 삼아야지'라는 결정을 내리는 것이다. 결론부터 얘기하면, '좋은 실력자'는 '좋은 리더'와는 완전히 별개의 개념이다. 좋은 실력자라고 좋은 리더가 되는 것도 아니고, 반대로 실력이 평범하다고 해서 리더로 삼을 수 없는 것도 아니다. 마치 물과 공기처럼 서로 거의 연관성이 없다. 좋은 실무자에게 필요한 능력과 좋은 리더에게 필요한 능력은 서로 결을 달리한다는 뜻이다. 실제로 나 또한 리더로서는 1인분을 하지만, 실무자로서는 자신이 없으니 말이다.

　물론 뛰어난 리더가 좋은 실력까지 갖추고 있다면 금상첨화다. 좋은 교통경찰이자 목장지기이면서도 뛰어난 멘토까지 될 수 있기 때문이다. 하지만 그런 슈퍼맨은 흔치 않으며, 때로는 ―그도 사람인 이상― 실무에 집중하다가 리드할 타이밍을

놓치는 역효과도 종종 발생한다. 뛰어난 실무자가 리더를 맡았다가 본인의 의지로 다시 (리더직을 내려놓고) 실무로 돌아가는 경우도 빈번하게 일어나는 이유다.

상위 리더가 되었다면, 조직을 운영할 때 이 점을 반드시 고려해야 한다. 병사로서 병기를 잘 다루는 것과 다른 병사들을 지휘하는 것은 완전히 다르다는 것을 말이다. 산 위에서 구르고 구른 작은 눈덩이 하나가 거대한 눈사태로 돌변해 마을을 덮치듯, 리더의 나이브한 결정 하나가 조직 전체를 위기에 빠뜨릴 수 있다. 심지어 그 결정자가 상위 리더라면 그 위험도는 제곱 이상으로 높아진다.

입은 닫고 지갑을 열어라 --------------->

40대가 되고 나서 업계의 주변인들로부터 가장 많이 받는 질문 중 하나가 있다.

"아니, 어떻게 부하 직원들이랑 잘 지내세요? 여행도 같이 가신다면서요?"

질문을 받을 때마다 나는 멋쩍게 웃으며 대답을 얼버무리곤 한다. 사실 그건 내가 프로젝트C 때 어찌저찌 포텐셜을 터뜨렸기 때문이지, 그러지 않았다면 나 역시 같은 질문을 던지고 있었을 테니 말이다. 내가 이래라저래라 조언할 수 있는 입장이겠는가.

유대인 속담에 '나이가 들수록 입은 닫고 지갑은 열어라'라는 말이 있다고 한다. 윗사람(또는 더 나이 든 어른)이 아랫사람에게 줄 것은 내가 하고 싶은 말이 아니라, 아랫사람에게 진정으로 필요한 것이어야 한다는 뜻이겠다. 업무 시간의 공적 대화이건 휴게 시간의 사적 대화이건 간에, 내 쪽에서 먼저 이런저런 이야기를 하는 것은 쉽다. 내가 윗사람이기 때문이다. 그들은 아랫사람이고 내 눈치를 봐야 하는 입장이니 당연히 대답을 성실하게 한다. 이런 일이 되풀이되면 나는 아랫사람의 경청을 당연한 것으로 여기게 된다. 하지만 명심해야 한다. 경청을 당연하게 여겨서 몸에 배는 순간, 나는 그들에게 꼰대 그 이상도 이하도 아니다.

아직 서먹한 관계라 어색함을 풀어야 하는 상황만 아니라면 나는 그들에게 필요한 말만 해야 한다. '내 이야기'를 주절주절하는 것은 금물이다. 요즘 비 올 때마다 나이 듦을 실감한다는 둥, 요즘 아내가 무슨 드라마에 푹 빠져서 그 얘기만 한다는 둥, 그런 이야기는 그들에게 '어떻든 상관없는 화제'에 불과하다. 입을 닫자. 그들에게 필요한 말만 하자. 여기서 '그들에게 필요한 말'이란 '그들에게 필요할 거라고 내가 예상한' 말이 아니다. '내가 그들의 입장에 서서 생각한' 말이다. 다시 말하지만 내 생각은 중요하지 않다. 업무 중에는 잔소리나 첨언, 내 경험보다는, 그들이 처해 있는 상황과 입장을 고려한 말을 해줘야 하고, 사적으로는 그들이 먼저 말하게끔 해야 한다.

제일 좋은 방법은 '질문'의 형태로 대화를 시작하는 것이다. 질문은 업무에서는 그들 스스로 생각할 수 있게끔 하고, 휴게 시간에는 상대의 흥미와 관심사를 이끌어낸다. 이렇게 얻은 정보는 공적으로나 사적으로 상대에게 도움을 줄 수 있다. 즉 내가 지레 생각해서 도움을 베풀 게 아니라, 그들이 필요하다고 생각하는 것들을 알아낸 뒤 건네야 하는 것이다. 전자는 지갑에서 나온 게 아니다. 그들 입장에서는 그냥 길 위의 무언가를 주워 건넨 것과 크게 다르지 않다. 이를 제대로 이해하지 못하거나 이해할 생각이 없어진다면, 다음과 같은 말을 하게 된다.

"요즘 젊은 직원들과는 대화가 안 통해.
말 걸기가 무섭다니까."

이 지경이 되면 끝장이다. 회식 날이 다가오면 하나둘씩 그들의 부모님이나 가족들이 아프기 시작하고, 커피 타임에는 나 혼자 떠드는 사이 형식적인 미소만을 짓게 될 것이다. 주말마다 그들끼리 모여 취미 활동을 함께하는 줄도 모르게 된다.

부하 직원들도 모두 내 소중한 오아시스다. 나를 낮추며 존중하고 인간 대 인간으로 다가가야 한다. 그러지 않으면 어느 날 갑자기 찾아온 모래바람이 모든 걸 휩쓸어버리면서, 주변이 온통 신기루뿐이었음을 발견하게 될 것이다.

물론 내 노력에 상대가 응하지 않을 때도 있다. 그럴 때는 울타리 안으로 들어가지 않고 그저 그것을 지켜주기만 하면 그만이다. 다시 말하지만, 그들 중 많은 수가 떨어져 나가도 진심을 알아주는 이들은 언제나 있다. 그들은 내 소중한 오아시스가 되며, 심지어 일부는 사적인 관계로도 이어져 같이 여행을 가고 결혼식 축사를 들려주게 된다.

그냥 버티는 것과
최선을 다해 버티는 것 ------------->

　T사에는 사내에 '멘토-멘티 매칭' 프로그램이 있었다. 말 그대로 사내의 시니어 사원과 주니어 사원을 이어주는 제도였는데, (주로 주니어 사원들로 구성된) 멘티 지원자가 고민거리를 제출하면 HR 부서에서 고민에 실마리를 줄 수 있는 멘토 사원에게 의향을 물어 면담 자리를 만들어주었다(면담이 이루어질 때까지는 신원이 철저하게 비밀로 보장되어, 서로 누구인지 알 수 없다). T사는 사원 수가 1천 명이 넘어가는 큰 기업이지만 나와 같은 다이내믹한 경력을 가진 시니어는 적었는지, 프로그램 참가 의향을 밝히자마자 '복잡한 고민거리가 있다'는 주니어 기획자 J가 연결되었다. 사전에 안내받은 회의실로 들어가 서로 자기소개를 마친 뒤, 그녀는 곧바로 마음속 얘기를 털어놓았다.

> "여기 T사가 첫 회사입니다. 그런데 현재 속한 프로젝트의 상황이 굉장히 지지부진합니다. 아직 주니어인 저 혼자서는 뭘 어떻게 해볼 수 있는 상황이 아니에요. 자꾸 의욕만 떨어지고

그나마 할 일도 손에 잡히지 않습니다. 그렇다고 이직하자니 이곳에서 제대로 된 커리어도 만들지 못해서, 뭘 어떻게 해야 할지 모르겠습니다."

나는 J에게 내 이전 커리어에 대해 차분히 말해주었다. 아무리 최악의 상황에 처해도 최선을 다하고 있으면 어떻게든 된다, 그러니 때가 오길 기다려라, 때가 와도 내가 준비되지 않았다면 그것은 또 다른 지옥문을 열 뿐이라고 말이다. 다행히 내 조언이 유용하고 힘이 되었는지, 그녀는 '머릿속이 맑아진 느낌'이라며 종종 연락하고 싶다는 말과 함께 연락처를 교환했다.

다음 날, 재미있는 일이 벌어졌다. HR 부서에서 다시금 연락이 온 것이다. 비슷한 고민 중인 J의 입사 동기 Y도 상담 얘기를 듣고는 내게 멘토링을 받고 싶다며 요청해 왔다고 했다. HR 부서 담당자는 전례 없는 일이라며 당혹스러워했지만 그닥 어려운 일도 아니니 선선히 수락했다. 그렇게 회의실에 들어갔더니 Y뿐만 아니라 J도 같이 앉아 있었다. 같은 얘기를 두 번 듣는 셈인데 괜찮은지를 묻자, J는 '두 번 들었을 때 새로 깨닫는 게 있을 것 같다'며 계속 있겠다고 했다. 나는 같은 이야기를 Y에게 해주었고, J와 똑같이 어두운 표정으로 앉아 있던 Y 역시 내 이야기가 끝나자 두 눈을 반짝이며 연락처 교환을 청했다.

며칠 뒤 HR 부서 담당자가 내 자리로 찾아왔다. 그에 따르면, Y와 J의 공채 동기들 사이에 내 소문이 퍼지면서 나와 꼭 상담하고 싶다는 사원이 또 나타났다고 했다. 그는 난감해하면서 '분명 사내 멘토링이 대승적으로 좋은 프로그램이긴 하지만, 멘토가 업무 시간을 너무 많이 희생하는 것은 HR 입장에서도 지향하는 바가 아니다. 그래서 이 요청을 전달할지 말지 고민했다. 다만 멘티의 간절함도 모른 척할 수는 없으니, 거절하더라도 멘토가 직접 하는 게 맞다고 생각되어 이렇게 직접 찾아오게 되었다'라는 말을 전했다. 내 입장에선 멘티가 이미 두 명이 된 이상, 이후 세 명이 되건 네 명이 되건 큰 상관이 없었다. 심각하게 고민해준 HR 담당자의 마음은 고마웠지만, 고민 없이 즉석에서 요청을 수락했다. 그다음 날 내게 세번째 사내 멘티가 생겼다.

나중에 알게 된 사실인데, T사에는 사내 프로그램에 자발적으로 참여한 사람에게 배지를 하나씩 주는 제도가 있었다. 나는 한 번의 멘토링 프로그램에서 세 멘티를 담당한 공로로 배지 세 개를 받으면서, 연말 사내 시상식에서 '역대 최단기 배지 세 개 획득' 부문 수상자가 되어 사내 홈페이지에 이름을 올리는 영예(?)를 얻었다.

이후 J와 Y는 본인들이 속한 프로젝트에서 최선을 다해 버텼다. 그 결과 둘 다 이전보다 훨씬 나은 프로젝트에 각자 픽업되어, 본인들의 잠재력을 발휘하며 T사에서 열심히 일하는 중이다. 몇 년이 지난 지금도 그들과는 서로 안부 연락을 주고받으며 지내고 있다.

직장인들이 농담 반 진담 반으로 말하는 격언 중, '회사 생활은 버티기 싸움(혹은 견디기 싸움)이다'라는 말이 있다. 나 역시 회사 생활을 20년 한 사람으로서 그 말에 크게 공감한다. 다만 그 말에 사족을 보태자면, '회사 생활은 버티기 싸움이다. 하지만 그냥 버티기만 하는 건 아무 의미가 없다. 버티려면 최선을 다해 버텨라. 최선을 다할 수 없다면 그럴 수 있는 곳으로 옮겨라. 최선을 다해 버티느냐 그냥 버티느냐에 따라 이후는 많이 달라진다'라고 하고 싶다.

BD →	하루만 더 지나면 돼!
PD →	뭐가요?
BD →	입사 후 3개월 수습 기간이 끝나요!
나 →	오, 축하드립니다! 그러고 보니 저도 3주만 더 있으면 되네요.
PD →	뭐가?
나 →	입사 1년이 지나서 퇴사하면 퇴직금이 나옵니다!
PD →	……
BD →	축하……인가요? 크흠.
나 →	빨리 3주 지났으면 좋겠다.
PD →	당신 퇴직금은 아마 영원히 못 받을 텐데.

하지만 번아웃으로 퇴사하면서 결국 받게 되었다!

결벽증과 마이크로 매니징

리더가 가져야 하는 자세와 마인드로 '결벽증'을 강조하는 책이 많다. 그만큼 일을 꼼꼼하게 챙기라는 얘기인데, 나 역시 일정 부분 공감한다. 히트한 게임과 그러지 못한 게임 간 중요한 차이가 바로 '디테일'에 있다고 생각한다(프로젝트A의 성공 요인 중 하나이기도 하다). 디테일을 챙기기 위해서는 리더가 눈에 불을 켜고 많은 사항을 직접 꼼꼼하게 살펴야 하는데, 이때의 마음가짐이 결벽증과 비슷하다.

다만 문제는, 결벽증을 마이크로 매니징과 혼동하는 리더들이 있다는 것이다. 개인적으로 마이크로 매니징은 장점이 단 하나도 없는, 리더가 절대 취해서는 안 되는 최악의 방법이라고 생각한다. 게임은 종합 예술이자 대중 예술이다. 시대가 낳은 천재가 아니라면, 나 혼자만의 힘으로 게임이라는 거대한 예술적 프로덕트를 만드는 데는 엄연한 한계가 있다. 리더의 마이크로 매니징은 실무자 스스로 고심하고 판단한 여지를 남기지 않으면서 한계를 짓는 꼴 이상도 이하도 아니다(프로젝트A에서의 내가 어느 정도 이런 느낌이었다고 생각한다).

조직의 퍼포먼스에는 사기가 큰 영향을 미친다. 오죽하면 동서고금을 막론하고, 군대에서 군량 확보를 기본 중 기본으로 치는 것도 다 병사들의 사기를 유지하기 위한 것 아니겠는가. 그래서 끼니를 잇기 어려웠던 젊은이들이 군대에 자원하기도 했던 것이다. 마이크로 매니징은 이 조직의 사기를 땅바닥으로 떨어뜨린다. 좋게 말하면 리더가 모든 것을 관리·감독하고 나쁘게 말하면 참견할 때, 실무자들은 '어차피 리더가 지시할 텐데 뭐'식의 수동적인 스탠스를 보이게 된다.

목장 동물들의 행동을 하나하나 간섭하려 들지 말고 울타리를 쳐라. 단, 그 울타리는 정말 꼼꼼하게 쳐야 한다. 결벽증은 이때 필요하다. 울타리의 위치는 적절한지, 허술한 곳은 없는지를 결벽증에 걸린 사람처럼 꼼꼼히 점검해야 한다.

결벽증과 마이크로 매니징은 언뜻 닮은 것 같지만, 그 사이에는 목장 안의 동물들이 생생하게 뛰어노는 것과 죽은 눈으로 그저 나의 눈치만 보는 것만큼의 어마어마한 차이가 존재한다는 것을 잊어서는 안 된다.

행복 개발

이 책의 집필을 마무리하는 시점에서 새해를 맞았다. 문자로 새해 인사를 주고받던 중, Z사의 동료 몇 사람이 이런 문자들을 보내 왔다.

- 덕분에 '행복 개발'했습니다. 감사합니다.
- 푹 쉬시고 다른 프로젝트에서 꼭 만났으면 좋겠어요.
- 새해 복 많이 받으세요! 저희도 힘내겠습니다!

지난 한 해도 최선을 다해 열심히 살긴 살았구나 하는 실감이 들었다. 이 지면을 빌려 내 오아시스들에게, 그리고 이제 막 오아시스가 된 분들에게 감사를 전한다.

도중에 탈출해서 미안합니다! 제발 건강 잘 챙기라고요!
여러분마저 나처럼 되면 안 된다고! 제발!

요약하자면, 원론적인 이야기다.

늪을 걷는 물소처럼 나아가라. 매 순간 최선을 다해서 꾸준히 말이다.

돌고 돌아 뻔한 소리란 걸 인정한다. 나조차 이 책을 쓰자고 마음먹었을 때는 '뭔가 달라도 다른 책이 될 거야!'라고 자신했으니까. 하지만 세상살이가 다 비슷비슷하다는 말처럼, 이 얘기 저 얘기 주절주절 적었지만 결국 원론에 이르렀다. 나도 당황스럽다!

다만 이것 하나는 확신한다. 뻔한 소리는 맞지만, 뻔한 걸 놓쳤을 때 어떻게 되는지에 대한 경각심 정도는 얻었으리라고 말이다. 그렇다면 이 책은 값어치를 한 셈이다(라고 뻔뻔히 주장해본다).

나의 20대는 좌절뿐이었지만 희망 하나로 최선을 다해 살았다.

나의 30대는 괴로움으로 점철되었지만 근성과 버텨내기로 최선을 다해 살았다.

그러고 나서 맞이한 40대는, 아직은 고통의 잔재가 남아 있긴 하지만 그래도 제법 즐겁게 살고 있다.

최선을 다해 살았다면 어떻게든 된다. 10대 시절보단 20대 시절이고, 20대 시절보단 30대 시절이 더 나았다. 30대 시절보단 지금의 40대가 더 즐겁다.

예전엔 나이를 먹는 게 두렵기만 했다. 무기력해지고, 휩쓸려 다니며 무능해질 줄 알았다. 하지만 발버둥 치며 견뎌낸 젊은 시절이 지금의 나를 빚어낸 걸 느낄 때, 이제는 묘한 기쁨을 느낀다. 나이 먹는 법이란 무엇인지 어렴풋이 알 것 같은 느낌이 든다. 앞으로도 지금까지처럼 어떻게든 아득바득 최선을 다해 산다면, 그것은 점점 더 기분 좋게 진해져갈 것이다. 사막에서 계속 살아남고, 목장을 계속 지켜보며, 낚시를 할 수 있을 것이다.

그러니 너무 빨리 좌절하지 말자. 쉬이 꺾이지 말자. 최선만 다한다면 어떻게든 된다. 어떻게든 말이다.